真夜中のすべての光
下

富良野 馨

講談社
タイガ

カバーイラスト――agoera
カバーデザイン――川谷康久（川谷デザイン）

目次

真夜中のすべての光　下

第四章

泉の底のしるし

彰《あきら》は、英一《えいいち》が現実世界の自身の事故について何かを隠しているという疑念、そして自分が、仮想都市の皐月《さつき》に『パンドラ』で会うという提案にどうしようもない拒否感を覚えたことの二つを、脳内で消化しきれずにいた。

その為《ため》に、ログアウトの後に担当者からかけられた言葉を何度か聞き損なう。

「……ああ、すみません、もう一度お願いします」

軽く頭を振って尋《たず》ねると、彼は再度説明してくれた。『パンドラ』を最短のブランクで体験するゲストには一定期間ごとに健康診断を受けてもらう必要があるのだが、年末年始が近くそこは自分達も休みの為、できればこの数日中に受けてもらいたい、と言うのだ。

彰はすぐに了承して、二日後に予約を入れた。

今回の健康診断は、体験前に受けた民間の健診センターとは違う、東京にある研究所直轄の施設だった。肉体的検査は前回と同じ、ごくありきたりのもので、それに脳波のチェックがプラスされた。それから前とは少し内容の違う性格診断と問診。

特に滞りもなくすべてが終わって、更衣室で着替えると外に出る。

病院のすぐ傍《そば》のカフェダイナーで使える食事券をサービスでもらっていたので、せっかくだから昼食を食べて帰ろう、と彰はそちらに足を向けた。

折しも朝には晴れ渡っていた空に、いつの間にか広がっていた雲からぽつぽつと雨が降り出して、彰は小走りになる。にわか雨だと予報では言っていたので、濡《ぬ》れたらその時はその時だ、と傘を持ってこなかったのだ。

急いで信号を渡って店に入ろうとすると、ちょうど横から同じように中に入ろうとしていた男性と軽く肩が当たった。

「あ、すみません」

咄嗟《とっさ》に体を引いて頭を下げると、相手もあたふたと「いやいやこちらこそ、すみませんでした」と言いながら腰を引くようにして頭を下げてくる。

あれ、この声聞き覚えがある、と思いながら彰が頭を上げると、目の前に痩《や》せた、すっかり白く、そして薄くなった髪をした老人が、まだしきりに頭を下げている。

「あの」

だが誰だったかは判《わか》らないまま声をかけると、相手がぱっと顔を上げてまじまじと彰を見た。

「ああ……あー、ええっと、あ、そう、そうだ、御堂《みどう》さん。で、合ってますよね？」

と、相手が考え考えそう言ったのに、彰は面食らう。

「あ、はい、そうですけど、そちらは」

「ああ、すみません」

とまどう彰に相手は柳の葉のような目を細め、実に人好きのする笑みを浮かべる。

その笑顔に、確かに見覚えがあった。

「わたし、覚えてないですかね？　ほら、あの、『パンドラ』体験審査の健康診断で、問診をしました」

「ああ！」

ぱっとあの時の情景が浮かんで、彰はぽん、と手を叩《たた》きたい気持ちになった。相手は濃い灰色のウールのコートを着ていたけれど、それを頭の中で白衣に置き換えてみると、確かにあの時の医者の姿だ。

「よく覚えてましたね、名前まで」

「そこはね。医大の付属病院で、教員時代が長かったので。昔取った杵柄《きねづか》、というヤツです」

感心する彰に、相手はそう言ってまた笑ってみせる。

「……もしかして今日は、健康診断でしたか？」

それから彰の手の中にある食事券を見て尋ねてきたのに、彰はうなずく。

「そうですか。じゃ、あれからかなり、ご利用いただいてるんですねえ」

実に嬉《うれ》しそうに微笑《ほほえ》む顔に、彰は何だか申し訳ない気分になる。自分が純粋に「仮想体験」を楽しむ為にあそこに通っているのではないことに。

「ああ、すみません、お引き止めして。お食事なんですよね」

黙ってしまった彰に、相手ははたと気づいたようにそう言って扉を開いた。彰は慌てて「すみません」とそれを引き取るように扉を押さえる。

「あの、先生もお昼ですか？　良かったら、ご一緒に」

彰にそう言わせたのは、その軽い罪悪感と、こちらの気分を和ませる相手の笑顔の力だった。


医者は磯田《いそだ》智《さとる》と名乗った。

今日は仕事ではなくたまたま近くに用事があり、研究施設と提携していて福利厚生でドリンク券が使えるこの店に立ち寄ったのだという。

彰の問診をしたあの日は、急な食あたりを起こした同僚のピンチヒッターだったのだと磯田は話した。普段はこちらの施設で主に研究を担当しているそうだ。

白身魚のムニエルをメインにしたランチを取りながら、磯田は絶えずにこやかな笑みを浮かべて相手の気持ちを引き上げるような雰囲気で話していた。苦手な学科をこんな教師に教わりたかったな、と彰は内心で思う。

それにつられて、ずっと不思議だった『パンドラ』には何故《なぜ》水のリゾートがないのかという疑問を出すと、磯田は「処理が手間なんですね」と実に単純明快な答えをくれた。

「波の動きや水の流れ、その場にいる他の人の動きの影響も含めると、他のゾーンに比べて飛躍的に構築も運営も手間がかかるんです。それに、もし現実誤認が起きてしまったら洒落《しゃれ》になりませんからね」

「げんじつごにん？」

耳慣れない言葉をオウム返しに聞くと、磯田はああ、と相好を崩す。

「すみません、専門用語でしたね。仮想空間ですごした後に、現実を仮想だと誤って認識しちゃう、て状態なんです。ついついね、『仮想でできたんだから現実でもできるんじゃないか』て思っちゃったりするんですね、ヒトの脳っていうのは」

磯田の話はかつてシーニユが語っていたことと同じで、彰はフォークの手を止めた。

「あ、勿論《もちろん》、それで大事故になったりしないよう、こちらも気をつけていますよ。その一つが、六日のブランクですね。脳が『パンドラ』に馴《な》れちゃわないようにするんです」

「……そんなに簡単に馴れちゃうもんですか、ヒトの脳って」

フォークを置いたまま小声で彰が言うと、磯田は少し首を傾けるようにして、どこかさみしげな笑みを浮かべて、

「ええ。馴れちゃいますね。冷たいもんです。あっさりですよ、現実なんてね」

と言った。

思わず相手の顔を見直すと、磯田はさっとまた人好きのする笑顔に戻った。

「だから、水関係は難しいんです。スカイダイビングとかパラグライダーはね、もし『自

分はできる、やろう』て思ったとしてもいきなり一人でできるか、て無理でしょう。どこか体験施設に行かないとね。そこでちゃんと『現実』に戻れる」

先刻《さつき》の一瞬の表情と台詞《せりふ》とが気になったが、相手はもうまるっきり普通の顔で、まさに「講義」をしているように話し続けた。

「だけど海やプールでただ泳ぐ、ていうのは思い立ったら誰でもできちゃいますから。ほんとは泳ぎの下手《へた》な人が、自分は息もつがずにいくらでも泳げるぞ、なんて思い込んだら一大事です」

垂れ気味のまぶたを大きく上げる相手に、彰は少し気持ちが明るくなって微笑む。

「全然泳げない人でも、仮想空間なら泳げるんですか」

「ああ、それ。そこです。良い疑問ですよ。そこは本当に、難しい課題です」

そして何の気なしに尋ねた言葉に、磯田は大きく頭を振ってみせる。

「どこまで現実を反映させるか、ていうね。そこの調整が本当に難しい。実はまだまだ、手探り状態です」

そう言って磯田は更に詳しく説明してくれた。

例えば彰も最初に感じた、アルコールの「酔い」や、体を動かしても息切れや発汗はしないこと。そういう、度を越すと「不快だ」とヒトが感じる感覚をどれくらいまで反映させるか、というのが難しいらしい。

今の『パンドラ』はいわば「遊び」の為の空間なので、そういう感覚は極力抑えている。転んだって痛くもないし怪我《けが》一つしない。

だが実際に治療に利用する際に果たしてそれがふさわしいのか、というのが彼等が長いこと悩んでいる点なのだそうだ。もしそれに脳が「馴れて」しまったら、回復し現実世界に戻れた時に同じことをして致命的な負傷をしかねない。

「わたしの考えでは、仮想の中での体感はある程度脳に任せよう、と思ってるんですが、これが、なかなか。賛同してもらえませんでね。研究が一向に進みません」

「脳に任せる?」

彰が聞くと、磯田は「そう」とうなずいた。

今の『パンドラ』では、多くの感覚を実際に再現することで利用者に体感させている。物を持てばその感触や温度、圧迫感を手袋のセンサーに伝えたり、匂《にお》いを合成してマスク内に流したり、ウェア周囲の温度を上下させて寒暖を調節したり。味については味覚神経を電気刺激するのと同時に合成した匂いを送り、食感は口内に圧をかけたり湿度を上げ下げした空気を送って感じさせているらしい。

「でもそこまで世話を焼かなくてもいいんじゃないか、て思うんですね。人間やっぱり一番頼っているのは視覚なんで、まず見せて、脳に起きた反応の方を仮想の肉体に出すのがいいと思うんです」

そう言いながら、磯田は手を握ったり開いたりしてみせる。

「手に圧が加わったから何か触った、じゃなくて、視界の中で手が何かに触った、それを見ることで脳が『触った』と判断する、その信号を手に戻すことで『触っている』と確かに感じる。この方が余計な手間暇が減って、処理がぐんと楽になる筈《はず》なんですね。でも、反対意見が多くって」

「どうしてですか？」

彰が聞くと、磯田はちょっと困ったような顔をしてランチについてきたカップスープをずっ、と飲み干した。

「それがまあ、つまりは『馴れ』を恐れてるからなんでしょうね。その辺を脳に依存してしまうと『馴れ』が加速化する、古くからいる研究者達はそう言って反対してる訳です。まああちらさんの方が仮想空間の扱いについてはベテランですし圧倒的多数ですから、既に固まってる方針をひっくり返す、なんてことは難しい。研究費の割り当ても少ない。派閥問題はどこでも面倒です」

「派閥、ありますか」

「そりゃもう」

思わず聞くと、磯田は苦笑した。

「でもまあ、それはあれじゃないですか、どこの職場でも多少はねえ。あ、でも大学の頃に比べたらもう。全然。比較になりません」

大げさに手を振って、磯田は空になった皿ののったトレイを少し端《はし》に寄せた。

「やっぱり凄《すご》いんですか、大学の先生達の派閥って」

「ええ。わたしはすっかり、乗り損ないましたけどねえ。おかげでずっと、現場仕事でしたよ」

磯田はそう言って笑いながら、食後のドリンクの注文を取りにきたウェイトレスにカプチーノを頼む。彰は続けて、カフェオレを頼んだ。

「まあでも、今の研究所に来られたのは大学の先輩医師のおかげです。そう思えば、わたしも派閥の一員ですね」

トレーが下げられてすっきりとしたテーブルに両肘《りょうひじ》を置いて、磯田は軽く座り直した。

「先輩は最古参と言ってもいい、研究所の重鎮なので。今はもうお歳なので、一線を退かれてますけど。あのひとがいなかったら、多分今頃、わたしは無職ですね」

そう言って笑うと、運ばれてきたカプチーノにそのまま口をつける。

「大学、ご定年で辞められたんですか」

「いえ」

カフェオレにほんの少しだけ砂糖を混ぜながら彰が何とはなしに聞くと、磯田は珍しく短く答えた。思わず見直すと、ほんの少しだけ口角をゆるめて「私ごとで。いろいろと」とだけ言い、またカプチーノを含む。

それ以上話したくない、という相手の言外の感情を察して、彰は黙り込み、カフェオレをごくりと飲んだ。

「……それにしても御堂さん、前と少し感じが変わられましたね」

と、カップを置いてゆったりと座り直し、磯田が微笑む。

「え？　え、そうですか？」

「前は、緊張なさってたんですかねえ。お話しされていても、こう、ぐっと縮まってる感じ、て言うんですか。でも今は、ひろびろとなさってる雰囲気がします」

思ってもみないことを言われて、彰はついまじまじと向かいの相手を見てしまった。

「ああ、すみません、つい失礼なことを申しまして」

「……あ、ああ、いいえ」

その目線に磯田が申し訳なさそうに肩をすくめるのを、彰は慌てて手と首を横に振って止めた。

「いやほんと、すみません。前にお仕事が大変で、みたいなことおっしゃってたんで、その辺が楽になられたのなら良かったな、と思った次第で」

依然として恐縮し続ける磯田に、彰はそういえば前の時、心療内科に通っている理由を仕事や職場の人間関係のせいにしたんだっけ、と思い出す。

「ああ……はい、そうですね。大分楽になりました。治療のおかげかと」

それでそう言いつくろうと、磯田は本当に嬉しそうな笑みを浮かべた。

「それは良かった。何よりです」

「ああ、いえ……おかげさまで」

その本心からと感じられる響きに、今度は彰の方が内心で恐縮した。こんな相手に嘘《うそ》をついている自分がどうにも申し訳なく感じられる。

「長いこと医者をやってましたからね。治療で良くなった、と言ってくださる方を見ると、自分の患者さんじゃなくてもつくづく嬉しいものです」

彰の心中を知る由《よし》もなく、なおも嬉しそうにそう言いながら、磯田はひょい、とテーブルの端のシュガーポットに手を伸ばした。ほんの二口程残ったカプチーノにひと匙《さじ》、砂糖をさらさらと落として、コーヒースプーンでかちゃかちゃとかき混ぜる。

そしてアイスを食べるかのように中身をすくって、美味《おい》しそうに口に入れた。

その行動には、確かに見覚えがあった。

彰は息を殺して、相手を穴の開く程じいっと見つめる。

と、その視線に気づいたのか、磯田はバツの悪そうな顔をして目を上げた。

「ああ、つい……癖《くせ》で。すみません、子供みたいな真似《まね》を」

「癖？」と聞き返すと、磯田はいよいよ恥ずかしそうにスプーンを置いて頭をかいた。

「妻がね。つきあっていた頃から、よくこうしていて……彼女、若い頃にヨーロッパで働いていたことがあるんですが、向こうではこれ、普通によくある飲み方なんだそうですよ」

そう話す相手の左手の薬指に細い金の指輪がはめられていることに、彰は初めて気がついた。

「そう言われて真似してみたら、確かに美味しくて。あ、そう、ティラミスみたいな味になるんです」

意気込んで話す言葉に、彰の息がまた止まった。

「わたしと妻が毎回こうするもんですから、娘にも同じ癖がついてしまいましてね。いくら海外では普通とはいえ、見た感じちょっと子供っぽいというか、お行儀が悪いかな、と思って、外では控《ひか》えなさい、て娘には言ってたんですが、わたしがこんなんだから効き目がありませんでしたよ」

そう言いながら磯田はわずかに目線を落として、何かを懐《なつ》かしむようにふふっと唇の端にかすかに笑みをもらす。

「……娘、さん、今、おいくつですか」

一方彰は、何かに操られるかのようにそんな問いを口にしていた。

磯田の微笑みから、すうっと温かさが消えていく。

「三十になります。……生きていれば、ですが」

そしてその唇《くちびる》から、そんな言葉がまろび出た。


四年程前に、磯田は勤めていた大学を退職した。

だがそれよりしばらく前から、彼は何ヵ月も休職状態だった。

それは、妻と娘とを同時に亡くしたショックが原因だ。

「旅行先で、火事に遭《あ》いましてね。娘が遠方への転勤が決まって、その前にせっかくだから家族三人で海外旅行がしたい、とわたしの知らないところで妻と娘で計画してまして」

まだ中身がわずかに残ったままのカップを、飲むでもなくただかちゃかちゃとかき混ぜながら、手元に目を落として磯田は話した。

「その時に肺をやられまして、今は埋め込み型の人工肺を入れてるんです。だからわたし、『パンドラ』には入れないんですよ」

最初の問診の時に「肺に病気があるから『パンドラ』には入れない」と磯田が語っていたことを彰は思い出した。けれどそれがまさか、こんな理由だったとは。

「……今思い出すと、あの頃はずいぶん時間が長かったようにも思いますし、逆にあっという間だったようにも思います」

磯田は目を上げて、窓の外を見やった。

雨はまだやむ気配がなく、しとしととガラスを濡らしている。

「多分、意味のあることを何一つしていなかったからなんでしょうね。毎日毎日、がらんどうのような日々でした」

彰は思わず、膝《ひざ》の上でぎゅっと両手を握った。

——言おう。

心の中で、瞬時に気持ちが決まる。

これ以上、このひとに嘘をついたままでいたくない。

心療内科に通っていた本当の理由。そして、あの頃に比べ状態が良くなったように見える、その理由。それを皆話して、謝ろう。きっとこのひとなら判ってくれる。

そう決めて息を深く吸った瞬間、相手が話し出した。

「多分『パンドラ』での仕事を始めたことが、わたしを救ったんです」

「……え？」

勢いを削《そ》がれて、彰の声がかすれる。

「すっかり引きこもりみたいになっていたわたしを、その先輩医師が引っ張り出してくれましてね。半《なか》ば無理矢理、『パンドラ』開発の仕事に駆り出されたんです」

消えそうに薄い笑みを浮かべて、磯田はまたかちゃ、とスプーンを鳴らした。

「それまでにもいろいろ恩のあった相手でしたから、仕方なく毎日機械みたいに仕事をして……そんな時にね、人工人格のデザインを依頼されたんです」

磯田は座り直して、今度はまともに彰の方を見た。

その柳の葉のような目に、今は穏《おだ》やかさしかないことを彰は内心で眩《まぶ》しく思う。

果たして自分は、いつかこんな目で生きることができるのだろうか。

「『パンドラ』の為に大量の人工人格がつくられることになりましてね。それを数人で設計していたんではどうしても性格が偏《かたよ》ってしまいますので、当時研究所で働いていた人間は全員、人工人格の性格を考えてくれ、と言われたんですよ」

そう説明しながら磯田は、性別とか、年齢とか、職業とか、好きな食べ物や音楽とか、などと言いつつ指を折る。

彰の中で、何かがことりと動いた。

「……どんな人格を、つくられたんですか」

小さく息を呑《の》みながら尋ねると、磯田は少し恥ずかしそうに笑う。

「わたし若い頃、歳をとったらどこか地方で、喫茶店をやりたいなと思ってたことがありまして。古臭い、正統派の、いわゆる純喫茶、というヤツです。妻がドイツで飲んだコーヒーが一番美味しかった、て昔よく言ってたものですから、そういうメニューを中心にしてね」

話しながら磯田は、遠くの光を見るように眩しげに目を細める。

「髭《ひげ》なんか生《は》やして、蝶《ちょう》ネクタイつけてね。寡黙で粋《いき》で、淹《い》れるコーヒーは天下一品。……でも妻には笑われました、『絶対無理よ』って。『あなたはきっと、お客さんよりたくさん喋《しゃべ》っちゃうから』、てね」

ふふ、とわずかに笑みをもらして、磯田はうつむいた。

「結局それも、夢に終わりましたが。飲ませたい相手が、もういなくてはね」

彰は胸に焼けた鉄の棒が突き刺さっているような感覚を覚えながら、そう呟《つぶや》く磯田をじっと見つめた。白髪交じりで髭を上品に生やした『Café Grenze』のマスターの姿が、向かいの相手に重なる。

「せめてこの世のどこかに、そんなもうひとりの自分がいたら良いな、と思って、そういう老人の人格を一つ、つくりました」

そう小さく続けると、磯田は思い出したようにひと匙、砂糖を混ぜたコーヒーを口に含んだ。

「……他には、どんな人格を？」

かすれた声で彰が尋ねると、磯田は目を上げる。

「――友達を」

「え？」

短く言われた単語の意味が咄嗟《とっさ》に摑《つか》めず、彰は聞き返す。

「娘の……トモミの、友達を……あの子の半身を、あそこにつくりました」

彰の目をまっすぐに見返しながら、磯田はそう言った。

磯田智美《ともみ》には小さい頃、軽い吃音《きつおん》症の傾向があった。

幸い良い言語聴覚士に診《み》てもらえたこともあって、小学校に上がる前にはすっかり出なくなってはいたのだが、特にタ行の話し出しが苦手だったこともあり、当時は自分のことを「モミちゃん」と呼んでいて、親にもそう呼ばせていたのだという。

そして吃音がありながら、言葉を話し出してから、いや、まだ言葉にならない喃語《なんご》の時期から、本当に起きていれば一日中、何かを話している子供だったそうだ。

「わたしのお喋り好きが遺伝したんだ、妻はよくそう言ってましたよ」

もう一杯コーヒーを追加して、磯田はほろ苦く笑った。

「その場に人がいようがいまいが、ずっと喋り続けていて……その内、妻が言い出したんです。どうもあの子には、いわゆるイマジナリーフレンドがいるようだと」

子供がいない彰でも、その単語は耳にしたことがあった。自分の頭の中の「空想の友人」、特に幼《おさな》い子供はその存在がまるで目の前にいるようにふるまうことがあるのだと。

「注意して見ていると、妻の言う通りのようでした。誰もいないのに内緒話をしてくすくす笑っていたりね。幼い子にはむしろ良い発達の経過だと思いましたので、わたしも妻も、微笑ましく見守っていました」

その様子は成長すると共になくなっていき、智美は明るく表情のくるくる変わる、そしてやっぱり話し好きの少女へと成長していった。

「二十歳になって、すぐの頃でしたかね……妻が出張でいなかった夜、いよいよお父さんともお酒が飲めるようになったね、って、二人で晩酌《ばんしゃく》してましてね。何がきっかけだったか、その話になったんですよ。お前には子供の頃、見えない友達がいたんだよ、てね」

すると智美は、酔っていながらも奇妙に真面目《まじめ》な顔になって、言った。

「今もいる」と。

驚く磯田に、彼女は言った。

「ずうっとよ。ずうっといるの。ちっちゃい頃から、ここにずうっと。わたしの一番大事な半身なの」

そう言って柔らかく胸元を手で押さえる娘を、磯田は不思議な気持ちで見守ったという。

「一体どんな子なの、て聞いたら、娘はそれはそれは詳しく、教えてくれました。絵まで描いてくれましたよ」

その「友達」は、智美とは正反対で、いつもものしずかで自分からはあまり話さず、じっと黙って彼女の言葉に耳を傾けてくれるのだという。一見表情に乏《とぼ》しくて無感情に見えるけれど、わたしのことをとても思いやってくれるの、と。

懐かしそうに話しながらコーヒーを飲む磯田を、彰は息を詰めて見つめた。

脳裏には、あの灰色の瞳《ひとみ》がくっきりと浮かんでいる。

「我が子ながら本当に裏表のない、ただただ陽気な子だと思ってたんですが、急に、何と言うか……深さ、ですかね。深く青ずんで底が見えない、けれど綺麗《きれい》な水のこんこんとわき出る、そんな泉を見たような気がしました。その水が、あの子の『親友』をかたちづくっているんだと」

そして磯田は、改めて娘を「ひとりの人間」として見つめ直し、その成長ぶりに胸を打たれたのだと話した。

「自分はずっと、この子の陽の当たる部分しか見ていなかったんだなあ、てね。けれど自分なんかの知らないところで、この子はしっかり、地に根を張ってたくさんの水を吸って成長していたんだと。……嬉しかった、ですねえ」

しみじみと語る磯田の瞳が一瞬潤《うる》んだ気がして、彰は胸がキン、と痛むのを感じる。

「その子がずっと、離れずに自分に寄り添ってくれたから、今までどんなことも乗り越えてこられた、たとえ苦しい選択でも正しいと自分が思う方を選ぶことができた、そう娘は話していました。空想の友達なのにね、わたしはその子に、心から感謝の念を覚えましたよ」

ふうっと笑みを浮かべる磯田の前で、彰は相手の言葉の中からしっかりと組み上げられていくその姿を脳裏に浮かべていた。

「……その空想の友達は、なんていう名前なんですか」

すっとまっすぐに立つ灰青色のワンピース姿を思い起こしながら聞くと、磯田は軽く首を傾《かし》げた。

「トモ、といいます」

――良い夜を、トモさん。

前々回に『パンドラ』に入った時に、クリスマスマーケットの屋台で老紳士が彼女にかけていった言葉が彰の耳の後ろをよぎる。

「自分のことは『モミちゃん』だったので。上手《うま》く自分の口では言えなかった『トモちゃん』が、あまり喋らない友達の元だったんじゃないでしょうかね」

しみじみとした口調で語ると、磯田は一瞬、唇をひきしめた。

「その子を、つくったんです。ひたすら明るいあの子の裏にしずかにたまっていった、澱《おり》のような存在。わたしはその子を、『パンドラ』に人工人格としてつくったんですよ」

彰の目を見ながら、磯田ははっきりとした口調でそう言った。

「何かね……具体的なかたちに、したかったんですね。あの子の頭の中にしかいない彼女を。電子の海の中にいる彼女なら、あの世の娘の傍に寄り添えるかもしれない。本当にその友達を『存在』させたかったんです、わたしは」

ふうっと目を伏せて微笑みながら、磯田はテーブルの上で両の手を組んだ。

「どんな、姿、なんですか」

もう殆《ほとん》ど確信を得ながらも彰が問うと、磯田はにこっと笑って鞄《かばん》から古ぼけた黒い革の手帳を出した。あれこれいろんなものがはさまってずいぶん厚くなっている手帳の中から、苦労して一枚の紙を引っ張り出す。

「娘が描いてくれた絵ですよ」

黒いボールペンの線で、さっとラフなタッチで描かれたそれを、彰は瞬《まばた》きもせずまじまじと見つめた。

服装までもが寸分の狂いのない、シーニユの姿が、そこに描かれていた。


「……ああ、あがりましたね、雨」

その絵を凝視していると、不意に磯田がそう言って、彰ははっと我に返った。

窓の外を見ると、傾き始めた陽射しが黒く濡れた道路をくっきりと照らしている。

「良かった。傘を持っていなかったんでね。ちょうど良い雨宿りになりました」

さっと明るい声に戻って目を細めて笑う磯田を、彰はしばし見つめた。

「いやあ、すっかりおつきあいさせてしまって。年寄りの長話に、恐縮です」

「あっ……あ、いえ、そんな」

やっと言葉が戻ってきて、彰はもそもそと言うと軽く頭を下げた。

「……なんだかね。あなたには通じるような気が、しましてね」

柔らかく微笑みながら、磯田はそう続ける。

「勝手な推測ですけどね。このひとはきっと、しっかりとわたしの話を聞いてくれるひとだって、そういう、気がしたんです」

その言葉にじん、と胸を打たれて相手を見つめると、磯田は照れたように笑った。

「いや、年寄りは図々《ずうずう》しくていけません。貴重なお時間を、ほんと申し訳ない」

「いえ」と彰は急いで言って、わずかに身を乗り出した。

「良かったです。ここで先生にまたお逢《あ》いできて、お話を聞けて。……本当に、良かったです。ありがとうございました」

テーブルに両手をついて頭を下げる彰を、磯田は目を丸くして見つめる。

その顔に続けて声をかけようとして、彰は一瞬、ためらった。

「……あの」

一度言葉を切って息を吸い、向かいの相手の柳のような目を見直す。

その瞳に励《はげ》まされ、彰は口を開いた。

「あの、もし良かったら、またお会いできないでしょうか。僕にも……先生に、聞いていただきたい話が、あるんです。きっと先生なら、僕の話を、しっかりと聞いてくれると」

シーニユのように、と、その台詞を彰は胸の内におさめた。

「はい、判りました」

生徒に向けるような優しい笑みを浮かべて相手がうなずき、彰はほっとする。

「じゃ、僕の連絡先、そちらに送ります」

「ええ。あ、じゃ名刺、お渡ししておきましょうかね」

磯田はまたごそごそと手帳を探って、名刺を差し出した。彰は携端を取り出しそこに書かれたコードを読み込むと、自分の連絡先を相手に送信する。

同時に顔を上げた瞬間に目が合って、どちらからともなくふふっと笑みがもれる。

……ああ、何だか、懐かしい感覚だ。

相手の穏やかさに丸ごと包まれている感覚に、彰はひとりごちる。

いつもものしずかでおよそ声を荒らげるということのなかった父親の姿が、久々に胸をよぎった。父さんが年をとったら、こんな風だったろうか。

向かいでコーヒーにスプーンを入れる磯田を、彰はどこかしみじみとした思いで見つめた。

「……あの子は今、『パンドラ』でどうしてるんでしょうねえ」

と、磯田がそんなことを呟いて、すっかり和んでいた彰の心臓をどきりとさせる。

「どこのゾーンにいるかも知らないんですよ、わたし。教えてはもらえませんでね。あまり考えもなくつくってしまいましたけど、後になって、申し訳ないことをしたかな、と」

「申し訳ない？」

そして予想もしない言葉を続けられて、彰はきょとんとした。

「ええ。だってねえ、本来はアトラクションですから、そこにいるというのはサービス業みたいなもんでしょう。だのにあんな、寡黙で感情が外に出ない子につくってしまってね。本人、困っているんじゃないかと」

ぱちぱち、と彰は瞬きした。確かに……困って、いるかもしれない。

「でも、ヒトにもいろんなタイプがいるように、人工人格にだっていろんな性格があって当たり前じゃないかと、そうも思うんです。彼女があの子の親友としてそうであったように、しずかで、でもそこにいる誰かの心にじっと寄り添えて、そんな風に自然体でいてくれれば良いなと、そう祈っています」

「……ああ、そうだ。

彰は何とも言えない思いで、しみじみと語る磯田を見つめる。

やっぱり無理をして「ふり」なんてしなくていいよ、シーニュ。

君が君のままでいることで、きっとこの世の誰かが慰められているのだから。

「もし御堂さんが『パンドラ』であの子に逢えたら、そう伝えてやってください」

続いた言葉に、彰が「勿論です」としっかりうなずくと、磯田は微笑んだ。

「あの子の『パンドラ』での人工人格としての名は、『シーニユ』と言います」

どきん、と彰の心臓が鳴る。

「……シーニユ?」

現実でその名を耳にしたり唇に乗せることは、何故だかとても、奇妙な感じがする。

「ええ。『トモ』は『パンドラ』内でヒトのふりをする時の別名としました。本名は『シーニユ』と言います。もし出逢えたら、そう呼んでやってください」

磯田はそう言うと、またゆったりと微笑んだ。

「フランス語で、『しるし』とか『きざし』とか、そういった意味です。正確な発音としては『シーニュ』の方が近いんですが。プルースト、お読みになったことがありますか」

急にとんでもない質問を飛ばされ、彰はすぐに「いいえ」と首を横に振る。

「『失われた時を求めて』の中でね、主人公はたくさんの『しるし』を世界から受け取るんです。有名なあれもそうですね。お茶にひたしたマドレーヌを口にした瞬間、全能に近い幸福感が襲ってくる。その味が彼にとっての『しるし』、『きざし』です。それを深く探っていくと、過去の素晴らしい思い出がいっぺんに彼の脳裏に甦《よみがえ》ってくる」

とうとうと語りながら、磯田はひどく優しげなまなざしを浮かべた。

「この世にある様々な物の中にひそむ『しるし』、それが主人公に与える、時空を超えた純粋な幸福と知性に拠《よ》らないこの世の真実、それはヒトが生きていく為の根源に近い力です。……わたしは彼女に、そういう『しるし』として、あの仮想世界の中に存在していてほしいのです」

磯田の語る言葉の中に、彰は確かに、すっと背を伸ばして薄青い街灯の下に立つシーニユの姿を、その灰色の瞳を、幻視した。

帰還不能点

結局、満《み》ちるに連絡は取らなかった。

何もかもが不確かな、こんな状態で彼女に適当なことを言いたくなかったのだ。

そして年もいよいよ押しせまった頃、彰は五度目となる『パンドラ』に足を踏み入れた。広場からはツリーも屋台も綺麗さっぱり消えていて、元の彫像と噴水が戻っている。ぐるりと辺りを見渡して、カジノの入り口に驚く程大きな門松が立っているのに彰は思わず吹き出してしまう。まあ時期として間違ってはいないけれど、でもヨーロッパ的街並みの、しかもカジノの前に、というのは実に何とも、シュールな眺《なが》めだ。

シーニユからは店で待っている、という連絡をもらっていたので、彰は歩き出した。

磯田から聞いた話、そして英一にあの方法で皐月を呼んでもらうこと、それ等を考えると頭の中が混乱してぐらぐらと煮えてくる。マスターの中に皐月を呼び出してもらうことに、まだどうしても踏ん切りがつけられないのだ。

店の前に立つと扉の上の看板を見上げて、一度深呼吸して頭を切り替える。とにかくまずは、英一の件を片付けよう。

「こんばんは、御堂くん」

店に入ると、テーブルは既に前の時のように整えられていて、奥の席に座ったマスターの姿をした英一が小さく手を振った。

シーニユは無言で会釈だけして立ち上がると、ポットから彰の分のコーヒーをカップに入れ、テーブルの上に置く。

彰は椅子《いす》の前に立つと、腰から体を折って深々と頭を下げた。

「――ごめん、美馬坂《みまさか》くん」

あまり大きくないマスターの目が、丸く開かれて彰を見上げる。

彰の隣の椅子に座ったシーニユも、つい、と目を動かして横目で彰を見た。

「約束、守れてない。妹さんにはまだ、何にも話してないんだ」

彰がそう続けると、英一は相変わらず驚いた顔でぱちぱち、と目を瞬く。

「あ、ああ……そうなんだ。あ、忙しかった？　年末だもんね」

「そうじゃない」

彰は首を振ると、椅子を引いて英一の真向かいに腰掛けた。

真正面からまっすぐ、相手の目を見る。

「妹さんに話す前に、本当のことを教えてほしい。——外の君の、本当の、死因を」

英一の目がすっと細まって、顔から表情が消えた。

「……交通事故だよ。そう言ったよね」

しばらく無言の時間が続いた後、英一はごく普通の声音でそう言った。

「僕にはそうは思えない」

彰は間を空けずに、相手の言葉を否定する。

「本当に交通事故だったとしても、もしそうなら、その裏に何か事情がある。それを、教えてほしいんだ」

「僕は研究者の人達から、交通事故だ、て言われただけだから。それ以上のこと、どうしてここにいる僕が知りようがあるの？」

少し肩をそらすようにして椅子の背にもたれると、英一はそう返した。

「後からでもニュースは見られるんだよね。現に実家の旅館の新館のことも知ってた。もし現実の自分が交通事故で死亡した、なんて話を聞いたら、好奇心の塊《かたまり》みたいな君がその事故のニュースを調べない筈がない」

畳みかけるように言うと、英一は口をつぐむ。

「もしも事故なら、知ってるだろう？　日付や場所、どんな状況で、相手がどういう人なのか。知ってるのなら、教えてほしい」

「……悪趣味だよ、御堂くん」

英一はぽつりと言って、砂糖もミルクも入れていない真っ黒なコーヒーを飲む。

その言葉にずきりと彰の良心が痛んだが、ここで引くことはどうしてもできなかった。

「それを聞かないと、君の妹さんの疑念もいつまでたっても晴れない」

「御堂くん」

更に言いつのろうとする彰の言葉を、英一の声が止める。

かちゃん、と音を立て、英一はカップを置いた。

「前も言ったよね？　このルート、知ってるのは僕しかいない」

全く予想外の話を出されて、彰の眉《まゆ》が寄る。そこに英一はすかさず、言葉を続けた。

「僕が協力しないと、君と皐月さんは逢えないよ」

きゅっ、と彰の喉《のど》が締まって、息ができなくなった。

隣でシーニユがごくかすかに身じろぐのが判る。

「こんなことは、僕も言いたくない」

向かいで殊勝《しゅしょう》げに目を伏せながら、英一が続けた。

「でももし君がどうしてもその件に執着するなら、僕は今すぐマスターの体を離れて、ここにはもう二度と来ないよ」

彰は細く長く息を吸い込んで、また吐《は》いた。

「それでもいいの？」

目の前の風景の明度と彩度が落ちたみたいに、どことなく視界が暗い。

つい先刻まで、皐月とこの形式で逢うことに逡巡《しゅんじゅん》があったのに……いざその道が完全に絶たれてしまうとなると、それも恐ろしい。何一つすがるものがなくなる、そう思うと、あの夏の日に感じた、地面がバラバラと崩れてどこまでも底に落ちていく感触が甦って、膝が震える。

「皐月さんに、逢いたいんじゃないの？」

「美馬坂さん」

シーニユがしずかに声を発したのを、彰は片手を上げて止めた。

彼女は感情の表れない顔で彰の方を見る。

そのまなざしを、彰は左の頰《ほお》に感じた。

――AとB、二つの選択肢があって、あらゆる状況が百パーセント、Aを選ぶべきだと判定されている。たとえ二つそれぞれの内容がどういうものであろうとも、人工人格は即座にAを選びます。ですがヒトは違う。

以前に聞いた彼女の言葉が、頭の中に渦巻いた。

あの時あれは、自分にとって確かに「支え」だった。最善の選択肢を選ぶことができない自分への、エールだと。

けれど今は、その逆の「支え」としてあの言葉を感じる。

今は百パーセント、正しいと思う「A」を選びたいのだ。彼女のように。

それがどれ程、自分を痛めつける選択であっても。

――御堂彰の「あきら」は、「諦《あきら》めない」の「アキラ」でしょ。

胸の内に、皐月の声が響く。

そうだ、どれ程胸が、痛んでも……これに負けてしまって、ここにいる皐月に出逢えたとして、自分はその瞳を、まっすぐに見られるか？

そして先日聞いた、磯田の言葉が続けて脳裏に浮かんだ。

――その子がずっと、離れずに自分に寄り添ってくれたから、今までどんなことも乗り越えてこられた、たとえ苦しい選択でも正しいと自分が思う方を選ぶことができた、そう娘は話していました。

ぐっと一瞬に、心が踏み固められる。

「……それでも、構わない」

かすれた声を喉の奥から押し出すと、英一がわずかに肩を動かした。

シーニユは灰色のガラスの瞳を、ひたと彰の横顔に注いでいる。

「でも、僕は話すよ」

彰は歯を、そして心をきしませながらそう言葉を続けた。

「満ちるちゃんに、全部話すよ。君がここにいることも、君が死因について、何かを隠していることも」

今度は英一の方が、息を呑むようにして口をつぐんだ。

その顔に彰はまた、良心がずきりと痛むのを感じる。

本当はこんなこと、引き換えになどしたくなかった。あの、ただただひたすら、突然いなくなった兄のことを一心に思う、純粋な満ちるの気持ちとを。

英一は目を伏せてうつむき、先刻の彰のように長くゆっくりとした息を吐く。

彰はその姿を、ぴりぴりとした緊張をもって見つめた。

「──参ったな」

と、本当にごくごく小声で、独り言《ひとごと》のように英一が呟き、小さくうなずく。

「……うん。参った。僕の負け、御堂くん」

そして急に声の調子を切り替えて、いっそ朗《ほが》らかにそう言うと、顔を上げてにこっと人なつっこく笑った。その変わり身の早さに、彰は面食らってのけぞってしまう。

「いやあ、ほんと参った。まさかそこを引き換えにできると思わなかった。ごめん、僕御堂くんのことを見くびってたよ」

英一はすこぶる明るい声でそう言って肩をすくめると、両肘をテーブルについて、ぐっと身を乗り出した。

その瞳がすっと薄くなって、一瞬で表情が変わった。

彰の心臓がすっと凍《こお》る。

「──聞いたら、戻れないよ」

そして下から見上げるようにして、英一が低く言った。

背筋がさあっと冷えていく感覚を覚えながら、彰は相手の顔を見おろす。

英一の目がちかっと光って、彰の目線を捉《とら》えた。

「それを聞いたら、君は今持ってるものより遥《はる》かに大きいものを背負わなくちゃならなくなる。その大きな荷物をずっと背に載せたまま、誰にも預けられずに、一生を送らなくちゃいけなくなるよ」

まるで呪文《じゅもん》のように低くなめらかな声でそう言われ、彰はごくりと息を呑む。

「これは、君の為を思って言ってるんだ」

英一はわずかに目を伏せた。

「聞かない方がいいよ。絶対に。僕は、君を巻き込みたくない」

そして小さく呟かれた声音に、彰はそれを相手が本心から言っている、と直感した。

「先刻の言葉は撤回する。皐月さんにも、ちゃんと会わせるよ。だから……聞かない方がいい、御堂くん」

かすかな声に、相手が心底からこちらを気遣《きづか》っているのが伝わって、彰の胸はかすかに熱くなる。

……でも、だからこそ聞かなければならない。そうはっきり、彰には判った。

彼が背負っている「何か」を、このままにしておく訳にはいかない。

そこから自分だけが耳を塞《ふさ》いで逃れる、なんて到底できない。

その直感的な強い感情は、いつかの屋上で皐月の話を聞いた瞬間、「自分はこのひとの苦しみをこのままにしておけない」と思ったのに似ていた。

彼の話を聞く。そしてもし自分にできることがあるならそれをする。何故ならそれが、彼にも、そして自分にとっても最適解だから。

英一はふっと目を上げて、何も言わない彰を見た。

彰の視線を捉えたその目が、ああ、と何かを悟ったようないろを覗《のぞ》かせた。

「──それでも、聞くんだね？」

ちら、と一瞬だけ隣に目線を送ると、シーニユは先刻と同じようにまっすぐなまなざしを彰に向けている。

そのビームのような視線が、彰を力づけた。

「聞くよ。話して」

彰が短く言うと、英一ははっきりと音を立ててため息をついて、体を起こして椅子に座り直した。

「実験が始まって秋の終わりくらいに、『回数増やすと報酬がアップする』て噂《うわさ》があったの、聞いたことある？」

そしてそう話し出されたのに、彰は少し首をひねった。聞いたような気もするけれど、正直よく覚えていない。もし聞いていたとしても、あれ以上休みを削られたくなかったので、多分自分も皐月もそれには参加しなかったろう。

彰がそう答えると、英一はほんの一瞬、苦いいろを瞳に走らせ、うなずいた。

「僕は自分の施設の研究者の人に、噂の確認に行ったんだ。もし本当なら、参加させてほしい、って。お金、欲しかったからね」

その問いを最初は曖昧《あいまい》にごまかそうとしていた研究者も、英一がしつこく聞きまくった末についに口を割ったのだという。噂は本当だ、と。

「後で判ったことだけど、最終的にそれに参加した面子《メンツ》は全員、僕みたいに深刻なお金の悩みを抱《かか》えた人達だった」

そう、その噂は研究者達が流したものだったのだ。

彰や皐月のように、最初から「もし報酬が増えたってこれ以上の参加はいいや」と思っている人間はそんな噂は気にもとめない。そして、別にお金には困っていないけれど、でももっともらえるなら、程度の気分で確認しに来るような相手は、一度「そんなのただの噂だよ」と受け流せばすぐ引き下がる。

そこで食い下がるのは、英一のように深刻な金の問題を抱えた人間だけだ。

「そういう人を探してたんだよ、向こうは」

「どうして……」

訳が判らず聞くと、英一はわずかに口元を歪《ゆが》めた。

「……何かあっても、金で黙らせられる、からじゃないかな」

彰は息を呑んだ。

最終的に、それに参加したのは全国で二十人にも満たなかったという。

回数が増えた実験の内容は、普段のものとは全く違っていた。

「感覚、をね。中でのそれがどれ程現実の肉体に影響するのか、現実の肉体に与えたものがどれだけ仮想のそれに影響するのか」

それはちょっとしたことがきっかけだったのだという。

気づいたのは実験の参加者ではなく、研究者の側だった。仮想空間にアクセスしている同僚の手の上に、誤って自分が飲んでいた熱いコーヒーをこぼしてしまったのだ。

こぼした当人は慌てたが、すぐにログアウトさせた相手の方は、熱さも痛さも全く感じておらず、皮膚の火傷《やけど》もごく軽く済んだのだそうだ。

「つまりその瞬間のその人の脳にとっての現実は、仮想空間の方だったたってこと。いわゆる『仮想誤認』ってヤツ」

彰は先日の磯田の話を思い出した。彼が言った「現実誤認」が現実を仮想空間のように誤認識してしまう現象ならば、「仮想誤認」は、仮想空間の中の自分を現実だと誤認識してしまう、という理解で良いのだろう。

「仮想空間を研究し出して最初の頃、まだそれが全然稚拙だった時にはそんな現象は起きなかった。僕等が参加したあたりで、都市としてもヒトの表現としても、リアル感が格段に上がってきて、初めて起きた現象だったんだ」

現実の痛みは仮想の中では消える。

だが逆に、仮想の中での痛みは、現実に反映される。

英一の話を聞きながら、彰は息を呑んだ。

——痛い。

いつか仮想都市の実験で英一と一緒だった時、窓を殴りつけた後に小さく呟いたその言葉が、彰の耳元に甦る。

「今は、『パンドラ』の中で何か行動した時の感覚は、現実で同じことをした場合のそれとは違う。ちゃんとチューニングされてるからね。だけどあの実験の時には、まだそんな発想も技術もなかった」

ただ座って話を聞いているだけなのに、彰の鼓動がどんどん速くなる。

目の前にいる筈の英一の目元が、奇妙に薄暗くて表情が見てとれない。

「中で動いた時に、現実世界で同等の動きをした際に発生する感覚は、そのまんまダイレクトに肉体へと戻された。正座すれば足が痺《しび》れる。走れば息が切れる。殴れば痛い」

一度言葉を切って、英一はすっと短く息を吸った。

「——飛び降りれば、死ぬ」

彰の背筋が、鋼《はがね》のように固まった。

そのテストを始めた時には、研究者側の方もかなり慎重、というよりおっかなびっくり、と言った方が近いくらいの恐々とした試し方だったらしい。仮想空間にいる時に、現実の肉体の髪を軽く引っ張ってみるとか、仮想空間で人の手を軽くつねってみる、程度の。

前者の方は、仮想側の人間には全く認識されなかった。しかも、吸盤で皮膚を吸ってみる、というような体に跡が残ることをしても、それは研究者達の目の前で驚く程すぐに消えていったのだそうだ。

だがそれとは逆に、仮想の中で肉体に与えられた刺激は、現実の肉体にダイレクトに現れた。英一はあの日、窓を殴りつけた後、ログアウトした際にまだじいんと拳《こぶし》に痛みが残っていることに気づいて驚いたという。

だが正直、この結果は研究者達を困惑させた。最終目標である治療の為の仮想空間の利用、けれど万一、中で怪我をするような行動をした場合、それに即座に対応ができるのか。

その頃の技術では、痛覚のみを調節することはできなかった。できるのは、視覚・聴覚・触覚のそれぞれを、調整するのではなく完全に落とすことだけだ。

研究者達はまず、触覚を切れば現実の肉体への反映はなくなるのではないか、と考えた。だが意外なことに、触覚を完全に落とした状態でも、叩いたりつねったりされた時には痛みを感じたし、その感覚はログアウト後の肉体にも残っていた。

次に試されたのが視覚だった。

これが、驚く程の効果を発揮したのだ。

視覚のみを切った状態で仮想の体に与えた刺激は、切っていない時に比べて反映度が遥かに低かった。そして、視覚と触覚、両方を切った場合、ほぼ反映されない、ということが判ったのだ。

最初は弱い刺激から試して、最終的には体に傷をつける、というところまでやってみた。が、視覚と触覚を切った被験者の現実の肉体にはほぼ何の影響も出なかったという。

そして、そのようなテストを進めながら、同時に行われた実験がある。

それが、仮想空間での長時間滞在だった。

まず二時間程度からスタートした実験は、少しずつ時間を延ばされていく。そして開始から三ヵ月程が経《た》った頃、初めて二十時間となる滞在実験が行われたのだ。

その実験に参加したのは、英一を含め四人、偶然だが全員男性だった。

「実はそれまでの長時間滞在実験では、許可されてない行動が一つあったんだ」

それは、眠ること。

仮想空間の中で眠ってはいけない、そう研究者側から言われていたのだという。

後になって英一が聞いた話によると、研究者達自身で実験していた頃に、居眠りした人が何人かいたそうである。が、眠りに入ったその瞬間に、データを採取している機械にもの凄いノイズが出て計測不能となり、時に機械が壊れることもあったのだそうだ。

当人達は皆一様に「耳元で凄い音がして目が覚めた」と語ったらしい。

「実験の最初に個々の脳波パターンを取ったよね。あの時、睡眠時のそれも取ってる筈なのに、どうしてログインしてる時の入眠だとエラーになるのか、どうしても判らなかったみたい。でも、ちょうど僕等の実験をやってた頃、機械の方を調整して異常な情報をバッファすることに成功したらしくて、そこで僕達には『眠る』ことが命じられたんだ」

仮想空間の中で、眠る。そんなことは考えもしなかった。

彰は一瞬ちらっと、隣の、先刻から話を聞いているのかどうかも判らない程変化のない表情で座っているシーニユを見やった。

彼女達は、眠るのだろうか。

「それまでは、長時間いる間にもし眠くなったらその場で申告するように、て言われてた。でも実を言うと、僕眠くなったことが一度もなくって」

ふふ、と唇の端だけで笑う、その奇妙な明るさが彰の胸を刺した。

「だって街を探検してるだけで面白かったからね。だから寝るなんてきっと無理だろう、て思ってた。……でもさすがに、二十時間いると、きついね」

話す口調がどことなく独り言めくと、英一はふうっとどこか遠くを見るようなまなざしになる。

「ずっとは起きていられなかった。初めてだったよ、仮想の中にいて。普通の眠気とは違ってた。何だか急に、呑み込まれるみたいにまわりがどんどん暗くなっていって、足元がぐるぐるして、宙に浮いたみたいな感じになって……突然全部の感覚が落ちて、真っ暗闇《まくらやみ》になった」

一度口をつぐんで、英一は軽く息を吐いた。

それから目を上げて、まっすぐ彰を見る。

「他の三人も、そんな風に眠りに落ちた。

――そして、二度と目覚めなかった。現実の、肉体は」

英一の瞳に映った彰の目が、大きく見開かれた。


その眠りが何時間続いたのか、英一には判らなかった。

あてがわれた部屋には、時計がなかったからだ。

いや、そもそもこの世界で時計を見たことがない、ということにその時初めて、英一は気づいた。

目を開けて最初に見えたのは、部屋の天井だった。

しばらくそのまま、じっと横たわってそれを見つめる。

……あれ、なんで起きないんだろう。

少ししてぽかっと頭に、そんな考えが浮かんだ。

どうしてかそう思いつく瞬間まで、自分がこの体勢から体を、それどころか指の一本さえも、動かせるということが全く頭に浮かばなかったのだ。

いや、でも、そんなのは変だ。もう全然眠くなんかない。起きよう。

英一は改めてそう考えて、手や首の筋肉に「動け」と命じた。すると驚く程あっさりと体が動き出す。

なんか、変な夢でも見たのかな。全然覚えてないけど。仮想の中で見る夢、て面白そうなのに、残念だ。

そう思いながら英一はベッドから出て、また「あれ」と思った。ベッドに入った記憶などない。

チューブからクリームを絞り出すように頭をひねって、英一は「眠り」に入る前の自分の行動を思い返してみた。が、街を散歩していたところまでしか覚えがない。

首を傾げながら英一は立ち上がって、何気なく扉に歩み寄った。他の人に、どんな風に眠りについたか、夢は見たかを聞いてみたかったのだ。

「……あれ？」

ところがドアは開かなかった。

こんなことは初めてだ。

英一は怪訝《けげん》に思いながら、ドアノブを調べてみた。そもそも鍵穴《かぎあな》さえ存在していないのに何故かノブはぴくりとも回らず、扉そのものを押してみても壁のように一ミリも動かない。

『――美馬坂英一くん』

と、突然自分の背後で声がして、英一は飛び上がる。

その勢いで振り返ると、部屋の隅《すみ》に置かれたテレビが光っていた。

画面の中に、ふさふさとした白髪の老人が、厳しい顔つきで白衣を着て座っている。

英一はぱちぱち、と瞬きをしながら、ゆっくりとそちらへ歩み寄った。

『座って。落ち着いて、聞いてほしい話がある』

人に何かを命令するのに慣れている声だ、英一はそう思った。そしてそれを相手が聞くことを、当たり前だと思っている。

だから英一は机の前の椅子を引き寄せ、素直に腰をおろした。もしここで反発したとしても、相手は初めて見る異国の奇妙な動物を見るような顔をして、言葉が通じない相手に伝えるように辛抱強く自分の要望を繰り返すだけだろう、と判ったのだ。

すぐに腰をおろした英一に、相手はほんの一瞬、ほっとした表情を浮かべた。それに英一は、他の三人がそうではなかったことを読み取る。

『君が仮想空間に入ってから、現実世界で現在、二十七時間が経過している』

そして話された内容に、英一は一瞬、きょとんとした。え、寝過ぎ？

だがすぐにいや、と思い直す。そんなことでこんな風に、向こうからアクセスをしてくる必要なんてない。

『事前に説明してある通り、今回の実験時間は二十時間で設定されていた』

淡々と続けられる説明に、英一はうなずく。つまりは七時間も超過している訳だ。

この分のバイト代ってちゃんと出るよね。延長分割り増しで。

ちらっと頭の片隅でそんなことを考えながら、英一は老人の話に耳を傾けた。

『二十時間が経過した時点で、入眠中の被験者が三人、一度眠ったものの、その時点では起きていた被験者が一人いた』

自分は眠ったままだったのだろうから、もしかして眠ったままだとログアウトができなくて今の今まで時間が超過してしまった、ということなのだろうか？

いぶかしむ英一に、老人は言葉を続ける。

『だが何故か、君達四人をログアウトさせることができなかった』

その想像を超えた事態に、英一は驚く。起きていても、駄目？

『普段のログアウト手続きには全く反応がなかった。突発的な事態への対処の為に強制ログアウトシステムが用意されているが、それにも君達は無反応だった』

英一はゆっくりと呼吸しながら、画面の相手を見つめた。

『今現在、現実での君達の肉体は、いわゆる「昏睡《こんすい》状態」にある。点滴や酸素供給などの措置は取っているので、肉体の健康に問題はない。そこは安心してほしい。脳も正常に動いていることも判っている。だが』

だが、目覚めない。

英一はその後に続く台詞を、口の中で呟いた。

『我々は今、全力をもって君達をログアウトさせ、現実の肉体を目覚めさせるよう手を尽くしている。が、もうしばらく時間がかかってしまうかもしれない。本当に申し訳なく思っている』

そう言いながら老人は真っ白い頭を下げる。

『もし現実の世界で、緊急に連絡をしたい相手があれば連絡先を申し出てほしい。こちらで対応させていただく。大学の方には国を通じて要請しておくので、単位や学費のことなどは心配しないでほしい』

それから続けられた言葉に、英一はほっと胸を撫《な》でおろした。正直実家のことを考えるとこのまま在学していいのか、と思ってもいたけれど、とにかく続けている間は学費の軽減がなくならないよう、成績は落としたくないのだ。

とりあえず英一は、大学や他のバイトの連絡先などを相手に伝えた。少し考えたが、実家に伝えるのはやめておくことにする。ただでさえ大変な思いをしているだろう家族に、余計な面倒事をつけくわえたくなかったのだ。

『それからしばらくの間は、申し訳ないがこの部屋の中にとどまっていてほしい』

伝えた連絡先の確認を取った後、老人は続けた。

『今の時点で何が原因でログアウトできないのかが判らないので、あまりイレギュラーな行動はしてほしくない。仮想空間の側に何か問題が起きているかもしれないので、危険を回避したい』

その説明には合点《がてん》がいったので、英一はうなずいた。それからふっと、思いついて口を開く。

「あの、もしここにいて、また眠くなったら、寝てしまってもいいんでしょうか？」

その問いに、淀《よど》みなく話していた相手が初めて口をつぐんだ。

『……その可能性を、完全に失念していた。君は大学でさぞ優秀な学生なんだろうね』

そして少し間をおいて言われた褒め言葉を完全に無視して答えを待っていると、老人は少し考えてからまた口を開いた。

『この、ログアウトできない、という事態は今まで一度も発生したことがなかった。今までと今回との差は、時間の長さと中で完全に入眠したこと、この二つだ。つまり今回の事態には、眠りが関係している可能性がある』

確かにそうだ、と英一はうなずく。

『だからできれば、可能な限り眠らないでほしい、というのがこちらの希望だ。が、今のこの状況が後どれくらい続くのかは判らない。よって、ぎりぎりまで我慢してもらいたいが、どうしようもなくなった場合は致し方ない、としかこちらからは申し上げられない。不確かなことですまないが』

「いえ。よく判りました。ありがとうございます」

英一は首を振って素直にそう言った。相手の説明はすべて明快で筋が通っていて、きっと自分が同じ立場でもそう言うしかないだろう、という内容だった。それならもう、自分があれこれ何かを考えたところで仕方がない。待つ以外にないのだ。

『……落ち着いて聞いてもらえて、本当に助かった。こちらこそ礼を言う』

まるで鋼のように動きがない顔がほんの一瞬ゆるんで、すぐに引き締まる。

『それではもうしばらくの間、そこで待機していてほしい。もし何か体調に異変を感じたら、すぐに片手を上げて大声でフルネームを名乗るように。即コンタクトを取る』

「判りました。よろしくお願いします」

『全力を尽くす。――待っていてほしい』

ふっ、と画面が暗くなり、英一はひとり、部屋に取り残される。

「それから七年間、僕の肉体は眠ったままなんだ」

そしてまっすぐに目を見て言われた言葉に、彰の全身に戦慄《せんりつ》が走った。

理由は結局、今の時点でも判らないのだという。

その後しばらく、システム側のハードやソフトに多少の変更や改良がある度、ログアウトの試験は行われたそうなのだが、今はもう双方共に完全に諦めの状態らしい。

「ちょっと待って」

激しく混乱しながらも、彰は片手を上げて英一の話を止めた。

「じゃ……もしかして、美馬坂くんの体は、まだ生きてるってこと？　死んでない？」

「そう」

表情を消した顔で、英一はうなずく。

「それ、一体どこに」

「日本のどこか。それ以上は、言えない」

「じゃ、他の三人の体もそこに？」

判明した事態に息急《いきせ》き切って聞くと、英一は口をつぐんで小さく首を横に振った。

「今も現実に肉体があるのは、僕ひとり」

「え？」

「他の三人の体は、死んだよ」

彰の息が止まる。

「昏睡状態になって一年くらいした頃に、ひとりの現実の肉体が大動脈瘤《だいどうみゃくりゅう》の破裂で亡くなった。動脈瘤ができたこと自体は判ってたそうなんだけど、この状態で手術ができるか判らなくて、経過観察中でのことだったらしいよ。仮想での人格は、生きてるけどね」

ごくり、と息を呑みながら、彰はかすれた声を上げた。

「後の、二人は……？」

「ログアウトできなくなってから二日くらいした後に、僕等は部屋から解放された。じっとしていようがいまいが状況に影響はない、てことが判ったんだろうね。とりあえず中では好きにすごしていいことになったんだ」

四人は集まって、不安や不服を互いに述べ合った。が、結局は何をどうにもしようがない、というところに話は落ち着くしかない。こちらからはどうすることもできないのだ。

「思えばその時、ひとりだけ殆ど口を利かなかった人がいたんだ。追加の実験の時も一番口数が少なくて、なんて言うか、四角四面に真面目なタイプの人だった。……出られなくなって一週間くらい経った頃、その人が自殺した」

ちょうど吸い込みかけていた彰の息が、途中で止まる。

「高い建物の、窓から飛び降りた。……当時の仮想都市は物理法則がそのまま適用されてたし、その時は研究者達はログアウト問題にかかりっきりだったから、感覚テストなんて放置されてた。感覚の遮断は一切なかった。だから」

飛び降りた仮想の肉体が感知したダメージは、ダイレクトに現実の肉体に反映された。

彰は完全に言葉を失って、向かいの相手を見つめた。

「それからしばらくして、これはもういよいよログアウトするのは無理だ、てことがはっきりしてきた時に、もうひとりも首を吊《つ》って命を絶った。構築中だった仮想人格も、二人ともその時に壊れたって聞いてる。だからその時の参加者で仮想都市に残っている人格は、僕ともうひとり、病気で亡くなった人だけ」

顔の前で、英一は皺《しわ》の多いマスターの指を二本立てた。

「でもその人も、今はもうすっかり、自分がヒトとしてここにいたことを忘れてる」

「え、どうして？」

意外な言葉に、彰は声を上げる。

「多分、そうならないと当人が辛《つら》かったんじゃないかな……病気で肉体が亡くなった、て判ってから、会ってももらえなくなって。一、二年後かな、たまたま都市の中でばったり会って話してみたら、もうすっかり、自分には本当は体があって、生の脳の人格だったんだ、てことを忘れてた。……あれも一種の『仮想誤認』なんだろうね。もうすっかり、自分は最初っから仮想人格なんだ、て認識になってる」

彰は声もなく英一を見つめた。ということは、英一はこの「世界」の中で、今やたったひとりの囚《とら》われ人なのだ。

「……じゃあ、美馬坂くんやその人の、仮想人格は？」

「あの頃はまだ構築途中で完成されてなかったから、僕等の分は破棄されて、他の仮想人格には自分達も同じ、仮想人格で通すように言われたんだ。……その、病気で亡くなった人が体が亡くなる前に言ってたよ、『自分達は辺獄の住人だ』、って」

口髭の下の唇を苦く歪めて、英一は笑みにも取れそうな複雑な表情を浮かべた。

「へんごく？」

「あの世でもこの世でもない、どっちつかずな場所。元はキリスト誕生以前や洗礼を受ける前に死んだ人が死後に行くところ。洗礼されてないから天国にはいけない。大罪を犯した訳でもないから地獄にも行けない。無論、この世には戻れない。この世の終わりに救世主がすべての人を救う、その永遠に近い未来まで、ずうっとそこに、とどまり続ける」

「……そんな」

首を強く絞められたように息苦しくなるのを感じながら、彰は呟いた。

「でも、だけど……そんな異常事態が起きたのに、どうして研究、中止にならなかったの」

英一は長いため息をついて、ふっと唇の先で微笑《わら》った。

「被験者が、僕達だったからだよ」

「え？」

「皆が皆それぞれに、深刻な金の悩みを抱えてた。……だからだよ」


仲間の一人が飛び降り自殺したことで、残された三人は騒然とした。

何をするでもなく街の広場でたむろっていた時に、すぐ近くでどすん、という大きな音がして三人が走っていくと、道を曲がった、その目の前に彼が倒れていたのだ。

血は一滴も出ておらず、見た目には傷一つない。

けれどその首と脚は、人間の骨格では有り得ない方向に折れていた。

他の二人が指一本すら動かせないでいる中、英一はすっと彼の傍《かたわ》らに膝をつき、首筋に指を当てた。

「脈が、ない」

唇を殆ど動かさずに呟くと、立ち上がる。

そして片手を上げ空を見上げて、

「美馬坂英一です！　どなたかこの事態、感知されてますか！」

と、大声で叫んだ。

『――把握している。驚かせてすまない』

と、空の高い方から、先日話をした白髪の研究者らしき声がした。

「現実の彼はどうなりましたか」

声を張り上げて聞くと、二人はびくりとして英一に目を投げる。

『心肺停止状態だ。いま全力で救命措置をしている。彼の体は部屋に移す。すまないが君達もそれぞれ、自分の部屋で待機していてもらいたい』

そう声がするやいなや、足元に倒れていた体がすっと跡形もなくかき消えて、さすがの英一もびくっとその場から飛びのいた。

すうっ、と冷や汗が背中をつたう。

――ああ、ここは仮想の世界なんだ。

最初から判っている筈のことを、改めて噛《か》みしめる。

確かに今は異常事態で、でも時間が経つ内、無意識に頭の中でここを現実空間と地続きのように認識していた。離島の研究施設に実験中に閉じ込められてしまった、みたいな。

でも違うのだ。

ここは現実じゃない。

ああやって簡単に、ヒトをその場から別の場所に瞬間移動させられる。何故なら見えているこのすべても、ここにいる自分自身も、単なるデータでしかないからだ。

もし彼の現実の体が仮想の心をひきずったまま息を引き取ったら、あの仮想の体もここから消えるのだ。骨も肉もなく、墓の一つもないままに。

「ヤバいよ、俺達……ここにいたらヤバいって。俺達も殺される」

かすれた声がして、全員がそちらを向いた。

そう口にしたのは岡田《おかだ》と名乗った、三十代後半くらいの小太りの男性だ。

それと同時に、空から声がする。

『こんな事態になったことは本当にお詫《わ》びの言葉もない。だが頼む、落ち着いてほしい。彼が現実でも追い詰められていたことは把握していたのに、この事態を防げなかったことは我々の落ち度だが、今の彼の行為には我々の関与は一切ない』

「そんなこと信じられるか！」

今度は四十代半ばくらいの、谷口《たにぐち》という男性が声を張り上げる。

「出られないんだろう、俺達？　こうやってひとりひとり殺していくつもりなんだ！」

「そうだ！　実験のミスを隠蔽《いんぺい》する為に殺すんだろう！」

「ちょっと。待って、ちょっと、頼むから」

明らかにパニックに突入しかかっている二人に向かって、英一はぶんぶんと長い腕を振った。

「ここでキレて、何がいいことあるの。それこそ血圧上がって、突然死しても知らないよ。今見たばっかりでしょ、この中で痛い目に遭うと現実でも痛いんだ」

二人はどきりとした様子で口をつぐんで、目をむいて英一を見る。

「あのね、もしやるなら一瞬だよ。なんでわざわざ、ひとりずつなんて必要があるの。クリスティじゃないんだからさ。ミステリ好きなの、もしかして？　確かにこの隔離環境、絶好のミステリ舞台だけどさ」

わざと飄々《ひょうひょう》とした口調で言うと、二人は顔を見合わせ、肩を落とした。

『……ありがとう』

と、空からしずかな声が降ってきた。

『とにかくしばらくは、申し訳ないが各自部屋で待機していてほしい。彼の今後の体調については必ず伝えると約束する。すまないが、こちらは今、手が離せない状況なのをどうか理解してほしい』

「判りました」

英一がうなずくのに、残りの二人はまた顔を見合わせて、不承不承に首を縦に振った。

別れて部屋に戻ると、英一はベッドに勢いをつけて腰をおろして、大きく息をつく。

多分あれは、助からないだろう。だとすると実験は中止になるのだろうか。

でも、それじゃ困る。そんなことになったら本来の報酬の話は勿論、追加でもらえる筈だった分も立ち消えになるに違いない。

――この時の自分を、英一は後になって何度か滑稽《こっけい》に思い返した。今の不具合は一時的なもので、しばらくすれば全員ログアウトできる、とまだ頭っから信じていた、自分を。


『美馬坂くん』

――気づくと英一は上半身をベッドの上に倒して眠っていて、声に飛び起きた。

見ると、画面の中に先刻の老人の姿がある。

『起こしてすまない。悪い知らせだ。……現実の彼が、亡くなった』

英一は一瞬で覚醒《かくせい》した頭で、背筋を伸ばして座り直した。

『今後、こちら側が取れる方策は、三つある。

一つは、ただちに実験を中止し、現状を世間に発表する。

二つ目は、実験は中止するが、この事態の発表はしない。今後、仮想空間を治療や生活に利用する、ということについては諦め、別の方法を探る。

三つ、実験を継続し、この事態についても発表しない』

英一は大きく音を立てて、深く呼吸した。

脳の中を酸素とアドレナリンがぐるぐる回り出すのを感じる。

『現状を発表した上で実験を継続する、というのは不可能だろう。無論、どのパターンにおいても君達のログアウトについては引き続き実行を試みる。さて君は、三つの内のどれが最適解だと思うかね』

「彼の死を、どう処理されるつもりなんですか」

質問を無視してこちらから問うと、相手は一瞬、口をつぐんで——だがその顔面に瞬間、面白がるような、興味深いものを見るようないろが走ったのが見てとれた。

彼の死を世間に対して処理する方法を聞く、ということは、この事態を外に出さないことを取る、と言っているのと同じだ。それは話していて自分でも判っている。それが倫理的には相当問題がある思考であることも。

だが自分は、この実験を中止してほしくない。金銭的意味でも、興味深さにおいても。

『彼の私生活について、何か聞いているかね』

「いえ、殆ど」

急に質問の方向を変えられて、英一は虚を衝《つ》かれながらもすぐに首を振る。

『彼は実験の前から、離婚問題を抱えていた。参加の理由も慰謝料の捻出《ねんしゅつ》の為だ』

老人の説明によると、実験開始から少しして離婚は成立したのだという。慰謝料を工面できずに少しタチの悪いところから借りた為、家や車を売っても返済できず、挙句に仕事場に押しかけられてどうにもならずに退職してしまったのだそうだ。とどめに今回、緊急の連絡先に、と彼が指定した元妻からは、別の男性とスピード婚をしたそうで、「もう二度と連絡してこないよう伝えてほしい」と言われたのだという。

『それを伝えた時の彼は、ただ押し黙っていて何を言っても全く反応がなかったそうだ。とにかく一刻も早くログアウトさせてメンタルケアをしなければ、と思っていた矢先だった。まさかあんな方法を取るとは予想だにしなかった』

ごくわずかに顔をしかめる相手の説明を聞いていて、英一はああ、と納得した。

「現実の彼の死因を自殺に偽装できる、そうなんですね？」

老人は少し伏せ気味にしていた目を開いて彼を見る。

「個人的な不幸を儚《はかな》んでこの建物から飛び降りた、すぐに救命措置を取ったが助からなかった、そういう筋書きにできる、そうなんですね？」

老人は一度大きく息を吸い、それから長く吐いた。

『……その通りだ。実際の死因は、瞬間的に測定器が振り切れる程の血圧の異常な上昇による脳出血だが、そのあたりの処理はうちの病院で行える』

「なら、実験は続けられる」

『その通りだ』

また同じ言葉を言って、老人は大きくうなずいた。

「なら、続けるべきです」

英一が即座に言うと、老人はどこか満足げな顔つきになって再度うなずく。

「でも、条件があります」

だがそう何もかもそっちの思惑に乗るつもりはない、相手の顔に英一はそう伝えたくて言葉を続けた。

「最終の報酬を、先払いしてください。こちらの言い値で。それが、今回のことを今後も口外しない、僕の条件です」

『……個人的に聞きたいのだが、君から見て、他の二人もその条件でそれを呑んでくれると思うかね』

この状況でまさかはねのけられはしないだろう、と思いながら言った言葉に予想外の質問をされて、英一はわずかに頭をそらす。他の二人？

亡くなった彼を含め、名前や年齢、住んでいる場所などのあっさりした自己紹介はした。だがどうしてか生い立ちや普段の生活については自分を含めて、誰も殆ど語らなかった。それはおそらく、全員が私生活で何らかの問題を抱えているからなのだろう。

「……彼等の問題が、金で解決できるものなら、多分」

『金で解決できないことはこの世にめったにない』

英一が考え考え言った言葉に、即座に老人がそう返す。

「それは、ご自身のご経験からですか？」

思わず皮肉を返すと、相手が初めて、厳《いか》つい口元をわずかにほころばせた。

『自分だけではないね。とにかく、二人とも交渉してみよう。君とはまた時間をとって、いろいろと話してみたい。では』

と言うと、老人の姿は画面から消えた。

最終結論に至るまで遥かに難航したそうではあるが、他の二人ともようやく話がまとまった、としばらくして英一は聞かされた。

やはり金で解決できない問題はなかったのだな、と彼は思う。

もし実験が中止になれば今までの研究はふいになる。つまり補助金や寄付金などの収入源もなくなる、ということで、それは英一達としても困るのだ。

自分達はそれぞれに、今すぐにある程度の金が要る事情を抱えている。「今後の何々に備えて」ではないのだ。つまりは結局、老人の言う「三つ目の方策」を選ぶ以外にない。金は用意する、ということで話はまとまったが、当の本人達が中にいたままでは金だけあっても仕方がない。とにかくまずはログアウトしてから、ということになったのだが。

「——どうしても、無理だった」

彰の向かいで、かすかなため息混じりに英一は言った。

「あらゆることを試したって聞いてる。現実の体を針で突《つ》いてみたり、ワサビみたいな強い匂いをかがせたり、女性の前で何だけど、性的刺激を与えたり、みたいなことまでやったらしい。でもどれもダメ」

肩をすくめて話す英一に、彰は一瞬ちらっと隣のシーニユを見たが、いつもの通り彼女の表情筋はぴくりともしない。

「こっち側はこっち側で、いろいろやった。だけどやっぱり、ダメだった。どう言うのかなあ、太い水道管の中で強い水流に流されてる、なのに最後に鉄格子がはめられてて、水はどんどん流れてるのに自分だけは通れない、そういう感じ」

そしてその試みを続ける内、彼等は選択をせまられていく。

最初にこの「ログアウト問題」が発生した時、家族で細々とした自営業を営んでいた谷口は「海外の会社と大きな取引ができそうなので打ち合わせにいく」と家族に伝えてもらったそうだ。岡田はひとり暮らしのフリーターで、住み込みで給料のいいバイトが見つかったのでしばらくアパートを留守にする、ということにしたらしい。

冬休み中で特に対処の必要がなかった英一も、大学の試験が始まってしまうとさすがに焦りを感じてきた。

多少の抵抗はあったが研究者に頼んで携端のロックを解除し中を見てもらい、必要な連絡にだけ返信してもらう。その中に宮原忠行《みやはらただゆき》のメールもあったそうだ。

「彼とは妙に気が合ってさ。あんな別れ方をして、悪かったな、て思ってるよ」

ぽつんと独り言のように呟く英一に、彰はかける言葉が見つからずにただ唇を噛む。

当初は英一達も研究者達も、この事態はそれ程長くは続かない、と思っていたのだそうだ。だからこそのあちこちへの言い訳で、だがそれが現実の時間で数ヵ月を超えてしまうとそうもいかなくなった。

「決断をしてもらう必要がある、そう言われたよ」

「決断?」

オウム返しに彰が聞くと、「ん」と短くうなずく。

「その頃にははっきり、ログアウトは不可能だ、て判ってた。特に僕等側からはね、感覚的に、ここからは出られない、そう確信できてた。将来的に技術改革でもあれば別だけど、何年かかるかも判らない。つまり僕等はここで暮らすしかない。実験の継続の為には事故は公《おおやけ》にできない。その上で、『現実世界での自分』をどうするか決めてほしい、って」

「でも、どうするも何も、起きられないんだし、どうしようもなくない?」

「体、のことじゃなくて」

きょとんとして聞いた彰に、英一はうっすらと微笑む。

「この事態は発表しないし、僕達も口外しない。それが大前提。飛び降りた彼は現実で『自殺』として処理された。では僕達の存在を、現実の中でどう『処理』するのか?」

ごくり、と彰は息を呑んだ。

——英一は大学を退学してすぐ、交通事故で亡くなりました。

彼の姉からもらったメールの一文が、ありありと浮かぶ。

「僕達はもう、この世の住人じゃないんだよ」

まっすぐに彰の目を見ながら、英一は淡々とした口調でそう告げた。

自分達の存在を現実で「死人」とする代わりに、必要なだけの金を渡す。

それが研究所が彼等に、約束したことだった。

そしてそれは、英一達と現実で繋《つな》がっていて、当人と同じ理由で切実に金を必要としている人達——つまりはほぼ身内にだけ、こっそりと明かされることとなった。

彼等に対しては、「実験中の事故で昏睡状態に陥《おちい》った、回復の見込みはない、お詫びの気持ちとこの件を黙っていてもらう代わりに必要分に更に上乗せした金を渡す」ということで交渉を持ちかけたのだという。

相当困難な交渉になることは研究所側も覚悟していたが、話を持ちかけた途端、岡田の家族はすぐに受け入れ、金を受け取ったのだそうだ。「今後の当人の安否の連絡は要らない」との言葉付きで。

彼については金に困った原因が当人の浪費にあったようで、もともと家族からは、半分見捨てられている状態だった。それも、いわゆる投資詐欺《さぎ》や結婚商法的な手口に次々ひっかかっては相手に大金を渡してしまうそうで、その借金はほぼ両親や妹が支払っていたという。払わないと暴《あば》れて家財を壊したり時に暴力に及ぶこともあったらしく、家族側からは、「これであいつの借金の肩代わりが終わると思うとせいせいする」と言わんばかりの扱いだったそうだ。

　それを知って、岡田が首を吊ったのだという。

　そして当然、英一と谷口の家族の方はかなりの抵抗を示した。が、最終的にはどちらも金を受け取り、その条件を呑んだ。

　それには英一達側の働きかけもあった。

「事前にそういう契約にサインしてあったことにしたんだ。そこに、もしそうなった場合にこれを家族に渡してほしい、て遺書っぽい手紙もつけてね」

　英一は姉に、もしこうなったら四の五の言わずに黙って金を受け取ってほしい、そしてその金で旅館を立て直してほしい、そう書いたのだそうだ。

「今まで家の全部を背負ってきたのは姉さんだから。僕は今まで何もできずに、万一のことがあればこの先も何にもできない、だからその時は、せめてもの償いだと思って金を受け取ってほしい、って。姉は僕なんかより遥かに経営に向いてる。全部任せて申し訳ないけど、どうか旅館のことも、満ちるや母さんのことも守っていってほしい、そう書いた」

　ふっと口元に苦い笑みを浮かべて、英一は目を伏せる。

「母や妹のことを出せば、姉はもうどうにもできなくなる、て判ってたからね。本来こんな話に黙ってられるような性格じゃないんだけど、本当に本当に芯《しん》から責任感の強いひとだから、そこをおっかぶせちゃえば黙らせられる。それが判って、そう書いたんだ。……ひどいことを、したと思うよ。今でも。だけど」

英一は一度言葉を切って、しっかりと彰を見据えた。

「間違ったことをしたとは、僕は思ってない」

何故なら自分がこの先実家の窮乏に対して何もできない立場になったのは事実で、そして目の前に必要なだけの金がある。だったらもうどうにもならない自分のことより、それを使う方が絶対に正しい選択だ。

「だから二人が金を選んでくれて、僕は心底、安心したよ」

英一の家族については、姉と母親、二人にだけこの話は明かされたのだという。

「父親には言う必要ないし。あの人に教えたらもっと金寄越せ、て言われるだけだから。だから二人にだけ話してもらった。こないだの御堂くんの話からすると、どうやら今も、知ってるのは二人だけみたいだね」

とすると、姉が満ちるに話した『VIP説』も、おそらく姉と母親とで祖父母に話した『義兄の遺産相続』の話も、皆嘘なのだ。真実を知っているのはその二人だけ。

姉に頼んで、英一は大学の退学手続きを取ってもらった。どうせ外にいたって続けられたか判らなかったから、そこはそれ程気にならなかった、と本心かどうか彰には全く読めない口調で英一は語る。

それから英一は現実世界で「死人」となった。

その後に母親が長いこと臥《ふ》せっていた、というのは当然だと彰は思った。息子の容態そのものへの心配と、息子の存在を金に換えた、という激しい良心の呵責《かしゃく》とが彼女を病ませたのだろう。

聞かない方がいい、と言った英一の言葉が、今更ながらに彰の胸にしみる。確かにこんな話を聞いてしまって、自分はどんな顔で満ちるに会えばいいのか。

「僕は今以外の状況を望んでない」

彰が呼吸を整えて話し出そうとした瞬間、英一が鋭く言った。

「今の状況を、変える気はない。まあ変えられないんだけどね、こっちからは。僕はここから出ることはできないけれど、今の暮らしに不満はない。僕の実家は、研究所の金で助かった。研究所は家族が黙っていてくれるから、今も仮想空間の研究を続けられてる。オールグリーンだ。全員が皆、上手くいってる。変える気はない」

彰は何とも言えない思いにとらわれて、目の前の英一を見る。

「研究所は金を払うのに、一つ条件をつけてる」

そんな彰をなだめるような声で、英一は続けた。

「期限なし、利息はわずか。でも担保はつけて、年に一度、数千円だけ払えばいい、て条件で金銭消費貸借契約書、まあ一言で言うと法的に強い借用書、そういうのを書かせてる。うちは旅館が担保。谷口さんや岡田さんのところも、会社とか土地とか、大事なものが担保になってる。もしも家族から情報が外にもれた気配があれば、それが持っていかれる」

言い返そうとしていた彰だったが、英一の説明に声が喉で止まった。

「それに、もしこのことが世間に知られたら、そっちの方が大ダメージだよ。特にウチみたいな、一般の人を相手にしたサービス業なんてのはね。ここの女将《おかみ》と若女将は金の為に息子の命を売った、なんて、そんな評判広まったらどうなると思う?」

そして続いた内容に完全に言葉を失い、膝の上でぎゅっと両の手を握り込む。

何もかも、英一の言う通りだ。確かに、特に英一の場合、今の実家の状況なら借金そのものはすぐに耳を揃《そろ》えて返せるのかもしれない。だがそれに加担した、という事実が公になるというのは大ダメージだ。それこそ下手をすれば廃業ものだ。

だけど。

彰の目の裏に、蒼白《そうはく》な頬に涙をつたわらせた満ちるの顔が浮かんだ。

今でもあんな顔をして生きているひとがいる。

まして死人まで出ているというのに。

それを隠したままにしているというのは、どう考えても道義的に間違っている。

「御堂くん」

押し黙ったままの彰を気遣うように、探るように、英一が少し首を傾《かたむ》けて下からこちらを覗き込む。

「……やっぱりおかしいよ、美馬坂くん」

食いしばった歯の奥から、彰は言葉を押し出した。

「こんな状況を隠したまま実験を進めようとしてる研究所も、君達や家族がそれの犠牲になってることも、満ちるちゃんのように今も理不尽に辛い思いを抱えて苦しんでいるひとがいることも、どう考えたっておかしいよ、美馬坂くん」

満ちるの名を聞いた瞬間、英一の顔がわずかに歪む。

彰はそれを見ないように顔をうつむけたまま、言葉を続けた。

「大体、そんな危険なことがあったんだったら、その時点で他の被験者のことを考えて中止にするべきだったんだよ。僕等にだって、何か問題が起きてたかもしれなかったのに。そもそも、そんな危険があるような場所を、治療になんて……」

膝の上の拳を見つめながら一心に話していた彰の声が、ふうっと浮き上がる。

あれ……そうだよ。そう、変だ。

彰は下を見ながら、ぱちぱち、と目を瞬いた。

「御堂さん?」

隣のシーニユが、どことなく咎《とが》めるような響きの声をかけた。

その声にはじかれるように、彰はがばっ、と顔を上げる。

不審そうにこちらを見つめる英一を、彰は見直した。

「七年間ずっと、ログアウトできなかった、て言ったよね」

そして放ったいきなりの質問に、英一は軽くのけぞりながら「う、うん」と少し詰まり気味にうなずく。

「美馬坂くん達の後は、誰ひとりとしてログイン中に眠った人っていないんだよね？」

「ああ、うん、僕が知ってる限りではね」

相変わらず訳が判らない、といった顔で、それでも英一はそう答える。

「じゃ『パンドラ』はどうなの？　ゲストが中で……オペラ観ながら、寝ちゃったりとか」

「脳波をモニタしてるから。眠りかかってる、て判定されたら、人工人格が声をかけたり、アラーム鳴らしたり体に刺激与えて起こすんだ。もし起きなかったら、強制ログアウト」

英一の説明に、彰は大きくうなずいた。ならやはり、変だ。

「でもじゃあ、もう無理なんじゃないの？」

「へっ？」

「この研究。だってそもそもは、脳にダメージを起こした人達を治療する為につくった場所でしょ？　なのに眠っただけでこんなことになるなんて安全性皆無だよ。到底治療になんか使えなくない？　なのにやめるどころか『パンドラ』なんてつくっちゃって」

矢継ぎ早の彰の問いに、英一はマスターの細い目でゆっくりと瞬いた。

「でも、『パンドラ』は充分、儲《もう》かるし将来性のある事業でもあるんじゃない？」

「確かに今はそうだと思う。けど、あの実験の時点ではまだ全然、そんなところに至ってなかった。あの時点でそんな事故が起きて、なんでそのまま、消滅も方向転換もなしに『仮想空間で脳の治療を行う』なんて名目で研究をやり続けたのかな。普通はやめるか、仮想空間の研究は続けたとしても、脳の治療には別の方法を検討するもんじゃないの？」

英一は目を伏せ、顎の髭を軽く撫でながら考え込む。

「うーん、でも、もしやめることになったら設備も撤収する訳で、そしたら僕の存在、隠しておけなくなるから困るんじゃ？　やめられちゃったら、僕も困るし」

「そこも何だか、不思議じゃない？　だって美馬坂くん達、法的にはもう死んでる訳だから。七年もあって、実際その間に三人とも肉体的には亡くなってる訳だし、美馬坂くんも何か発症して亡くなっちゃったんですよ、てことだってできた訳だよね、研究所は？」

考えをまとめるように思いつくまま口に乗せると、英一が破顔した。

「黒いなあ、御堂くん」

その明るい笑い声に、彰ははっと我に返って赤面する。

「あっ……あ、ごめん」

「いや。いや。慧眼だ、御堂くん。確かにあんまりすぐ、じゃ家族も黙ってないだろうけど、何年かしたら僕の肉体なんて始末しちゃったっていいんだもんね。もう葬式も納骨も済んでるんだし」

「あ、まあ、うん」

悪いことを言った、という気分がまだ抜けないところに、その当の相手が気にしないどころか上回るレベルのことを言ってくるので、彰は途方に暮れてしまった。

「うちもそうだけど、葬式の時はお棺の中に人工タンパクと人工骨入れて、火葬場ごまかしたんだよね。だからうちの墓、僕の骨壺《こつつぼ》は人工骨入り」

そして更に明るくそう続けられて、もうどうコメントしていいかも判らなくなる。

何とも思考が手詰まりになってしまって、彰は大きく息をついて椅子の背にもたれた。

何げなく耳のリモコンに手を触れて時間をチェックすると、いつの間にか残り時間が一時間もないことに彰は驚く。残り時間を知らせるアラームが確かに鳴った筈なのに、全く気がつかなかった。

それからちらっと、先刻から殆ど身じろぎもせずに背筋を伸ばして座ったままのシーニユを見やる。彼女は英一の過去の話を聞いて、どう思っているのか。そして、今、彰達が不可解に思っていることについて、何か考えがあるのだろうか。

……もし自分が英一達のことを明るみに出したとして、それでこの研究が中止になったら、『パンドラ』もそこにいる人工人格達も、すべて消えるのだろうか。

ふと思いついた考えに、どくん、と心臓が鳴って、肩から指の先までが奇妙にずしっと、重たくなる。

何の表情も浮かんでいないシーニユの横顔は、いつものようにしずかだ。

「……まあ、でもとにかく、もう少し待ってくれないかな、御堂くん」

シーニユの様子に気をとられていた彰は、はっとなって目線を戻す。

「知ってしまった君が、黙っていられない気持ちは判る。判るけど、僕が最も望んでいるのは今のこの状況の維持だ、てことも理解してほしい。それから、今の……なんで研究所はいつまでもこの仮想空間って代物にこだわってるのか、それは僕も気になる。できる範囲で調べてみたいから、動くのはもう少し待ってほしい」

「……ん。判った」

英一の言うことには確かに筋が通っていて、彰は小さくうなずいた。自分の中でもまだ、この事態を世間に出すことで英一の家族がどれだけの影響を被《こうむ》るのか、仮想空間の研究がどうなってしまうのか、そういう諸々《もろもろ》のことをもっと考えなければいけない、と感じる。

誰かに相談できればいいのに、と思った瞬間、磯田の顔が浮かんだ。

「美馬坂くん」

思わず名を呼ぶと、「何?」ときょとんとした顔を相手がこちらに向けてくる。

「君達のことって、どれくらいの人が知ってるの?」

「ああ、もうほんのちょっとだね。古株の、それも上の方の人ばっかり。今は引退してる人もいるから、現役で働いてる中ではもう二十人もいないんじゃないかな」

「じゃ、新しく『パンドラ』に来た人とかは全然知らないの?」

「『パンドラ』の為に新しく雇われた人は全員知らないと思うよ。そもそも仮想人格の皆も、僕がほんとは仮想人格じゃない、てことは知らないしね」

「あ、そうだよね」

磯田がこの話に全く関《かか》わっていなかった、ということに彰はほっとした。

「うん。だから僕は、仮想人格達とは離れて暮らしてるんだよ。彼等は眠らないから」

そしてそう続けられたのに、彰は驚く。

「そうなの？」

「うん。あ、でも人工人格とは違って、完全に寝ない訳じゃないんだけど。なんて言うのかな、ヨガの瞑想《めいそう》とか座禅みたいな感じにはなるんだ。でもそれも一日の中で一時間もなくてさ。僕は完全に寝ちゃうから、それ見られたら困るんで」

「そうなんだ……」

やっぱり人工人格には「眠り」はないのか、そう思いながら彰はうなずく。

「だから仮想都市の御堂くんや皐月さんとも、もう全然会ってなくってさ。ごめんね、何にも話せることがなくて」

「いや、いいよ」

英一が本当に申し訳なさそうな顔を見せたのに、彰は慌てて手を振った。今となっては、何だかその方が良かった。直接顔を合わせるのではなく、この形式で皐月と会うことにどうにも踏ん切りがつかない、そのことをもっと時間をかけて考えてみたかったのだ。

「とりあえず、こっちの問題片付けるのが先。皐月のことは、その後でゆっくり考えたいんだ」

「……うん。判るよ」

英一がゆるやかな笑みを浮かべて、しっかりとうなずいた。

その顔に彰は、確かに自分はこの相手を助けたい、という強い気持ちを感じる。

「じゃ、次また一週間後なんだけど、会えるかな」

「勿論」

英一はにこっとして立ち上がると、こちらに手を伸ばしてくる。

「ありがとう、御堂くん」

彰もつられて立ち上がって、その皺の多い小さな手を握り返した。


残り時間を、彰は自分の思考をまとめてみたくて「ログアウトまで少し散歩するから」と言って外に出た。

「ご一緒します」と言ってシーニユが後ろをついてくる。

……後これだけの時間じゃ、磯田先生の話をするのは無理だな。

ごくわずか、肩半分程後ろをついてくるシーニユをちらりと見て、彰はひとりごちた。

それに、そのことより先に彼女には聞いてみたいことがある。

「シーニユ」

そんなことを思いながら名を呼ぶと、彼女は予想していたかのように「はい」と即座に返事を返す。

「君は、どう思う？　美馬坂くん達のこと。公にするべきかどうか」

「現代日本の標準的な倫理観に基づけば、発表するのが筋だと推断されます」

その問いに彼女はいつものように間をおかず、彰からすると少し意外な返答をした。

「倫理、観……それって、どういう基準で構築されてるの？」

純粋な好奇心で尋ねると、シーニユはわずかに小首を傾げた。

「人工人格は全員、教育の最初に膨大な資料を学習します。国や年代を問わず、文学、映像、各種の芸術、歴史、現実のニュース、莫大《ばくだい》な量です。それ等を精査していくと、『一般的にヒトはどういう生き方が正しいと考えるのか』という指標が現れてきます。それを『倫理観』だと研究所は定義しています」

シーニユの言葉に、彰は少し考えてから口を開く。

「何が良くて何が良くないか、ていう判断を人工人格側でする訳？」

ということは「善悪の判断」ができるのか、と思った彰に、シーニユは首を振った。

「いえ、基本的には仮想人格の方々がその判定をします。ですが、例えば文学やドキュメンタリー、実際の事件で法律で裁かれた内容などから『ヒトはこう生きるのが正しいと社会で定義されている』という内容を分類整理するのは人工人格にも可能です」

成程、と彼女の説明に彰はうなずいた。確かに法律というのはかなり大きな指標になりそうだ。

「てことは、すべての人工人格にとっての『倫理観』は完全に同一ってこと?」

「いいえ」

考えながら問うと、シーニユは即座に首を横に振った。

「ある一定量までは全員が共通ですが、そこからどの部分を強く取るか、というのは個々の人格によって変わってきます。科学に興味がある設定の人格は、何より技術発展を重んずる、などのように、それぞれの傾向が出てきます」

「成程なあ……じゃ、先刻の美馬坂くんのことを発表するべきだ、ていうのは、シーニユ個人にとっての『倫理観』的回答、てこと?」

確認の為にもう一度聞いてみると、彼女はわずかに小首を傾げた。

「主観というよりは一般的、いわば教科書的な『倫理観』です。死者が出たり、致命的な事故が解決できないままという事態は、その舞台が何であれ隠蔽しておくべきではない、というのが普通の倫理観ではないでしょうか」

「うん、確かにね。正しいよ、それは」

先刻あれ程までに苦しみながら英一に返した内容を実にさっくり言われてしまって、彰はどこか拍子抜《ひょうしぬ》けしつつうなずく。確かに、隠しとく方がどうかしてるんだ、あんな話。

……でも。

「でも、だけど……発表することで、美馬坂くん達の家族が周囲から糾弾されて苦しむかもしれない、ていうのは……どうなんだろう。それに、発表することでこの研究が止まったら、『パンドラ』だってなくなってしまうかもしれない。それでもやっぱり、発表するのが正しい?」

言いながら彰はふっと、「トロッコ問題」のことを思い出した。どちらを選んでも苦しい、あの問題を。

「それとこれとは別問題ではないでしょうか」

だがそんな彰を尻目《しりめ》に、シーニユはあっさりそう言って。

「発表することで何が起きるか、というのは単なる予測です。その予測の為に、なすべきことをなさないというのは、筋が通らないのでは」

……正論だ。うん、正しい、いやでも、そうなんだけど、でも。

彰が絶句していると、シーニユは普通の顔で続けた。

「発表をすることで現在の状況は変化する訳ですから、それで何かが発生する、というのは当然のことであるとも言えます。もし何かが起きたとしても、それぞれに解決していけば良いだけのことではないでしょうか」

「……うん」

彰はふっと足をゆるめて、シーニユの横顔を見た。

ごちゃごちゃになっていた気分が、すうっと晴れやかになっていく。

だが同時に、気持ちの底が、ぐんと重みを増した。

そう、発表する、ということは……この問題について、自分が大きなものを背負う、ということだ。隠すことで感じる負担は自分だけのものに過ぎないけれど、公表するのであれば、その後の問題にもきちんと関わっていかねばならない。言うだけ言ってハイさようなら、という訳にはいかないのだ。

……だけど。

彰の歩みが遅くなったのを見て、シーニユもふっと足を止めた。

ふわっと風が起こって、その髪が揺れる。

それで『パンドラ』がなくなってしまうかもしれない、という事態になっても、彼女はやっぱりこんな風に、淡々と受け入れられるのだろうか。

そう一瞬考えて、シーニユが「人工人格は迷わない」と話していたことを思い出す。

そうだな、きっと彼女は、そこには悩むまい。

「御堂さん？」

立ち止まったまま彼女を見つめていると、片眉をわずかに一ミリ程上げてシーニユが声をかけてきた。

「……君はトロッコ問題は、どう答えるんだろうな」

その灰色の瞳を一瞬じっと見て、彰は口の中で呟くとまた歩き出す。

「トロッコ問題、ですか？」

後に続きつつ問い返す彼女に彰はざっと説明した。

するとシーニユは即座に、

「それは、人工人格が現実世界にいる、と仮定してのことで良いですか？　またその場合、線路にいるのはヒトでしょうか、人工人格でしょうか？」

と続けざまに質問をしてきて、彰は少し面食らった。

「答えが変わる訳？」

「はい」とうなずく彼女に彰は狐《きつね》につままれたような思いで、「現実、ヒトで」と言ってみた。

「何もしません」

と、またも予想外の答えが飛んできたのに彰は軽くのけぞる。

「え、えっ、なんで？」

「それはヒトの世界の問題であって、人工人格が関与すべきことではないと思料されるからです。ヒトの命の問題に、人工人格が手を出すというのは分不相応です」

「そうきたか――……」

内容を聞くとそれはまあ確かに人工人格的にはアリだろう、と納得してしまって、彰は目頭を押さえて。いや、でも。

「もし君が人工人格でなくヒトだったら？」

どうしても「彼女自身」の思う答えが聞きたくて、彰は更にそう聞いてみる。

「それは前提にできません。人工人格の『倫理』や『感覚』は、あくまでヒトの形成したものの模倣やヒト側からの設定に過ぎないからです。自らがヒトならばどう考えるか、という仮定がそもそも、人工人格にとっては枠外なのです」

が、すらすらとそう返されて、彰はさすがに内心で白旗をあげた。

「……えーと、じゃ、線路にいるのが人工人格なら？」

「分岐を切り替え、一人を犠牲にします」

それでもまだ重ねて聞くと、今度も即答される。

「それは何故？」

「人工人格は作製するのにそれなりのコストがかかる、つまりは資源です。破壊されるのは少ない方が良いですから」

「成程……」

ある意味本当に判りやすい判断基準で、彰は妙にさっぱりした気分になってしまった。もう本当に、正しい。

「……君がいてくれて、良かったよ」

その気分のまま、小さく呟く。

シーニユが何かを問いたげに、ほんのわずかだけ眉を寄せた。

「判断基準が、ブレなくて済む。芯がきっちりしてるのが、ほんとに有り難い。俺なんかすぐあれこれ雑念が混じるから、君みたいな人工人格の迷いのなさが隣で支柱になってくれるのは、すごく助かるよ」

シーニユは足を止めると二度瞬きをして、まっすぐに彰を見る。

「人工人格の特性をそんな風に形容される方を、初めて見ました」

思わぬ言葉に、つんのめるようにして彰も立ち止まった。

シーニユはいつもより更に真顔でこちらを見ている。

「これは、克服されなければならないことだと研究所側は考えています。人工人格がより『ヒト』に近づく為に、越えねばならない一線だと」

胸の辺りに白い手を当てて、シーニユは真面目な顔で言った。

彰は思わずまともに彼女に向き直った。

視界の端で赤いライトが点滅して、残り時間五分を告げる。

「人工人格は、仮想空間ですごすヒトのサポートをする為に存在しています」

揺れの殆どない灰色の瞳で、彼女は彰を見つめながら言葉を続けた。

「大勢の人工人格は、その任務を的確にこなしています」

いつもと同じ、淡々とした口調で語るその声に、彰は何かを感じた。

——あんな風につくってしまって、困っているんじゃないかと。

彼女について磯田が語っていたことが、脳裏に甦る。

「要望を言葉にしてくだされば、それをかなえることはそう難しくありません。ですが」

彼女はそこで、珍しく一度言葉を切った。

「御堂さんが以前に言われていたように、わたしは下手なのです」

続く言葉を待っていると、いきなりそう言われて彰は慌てた。二度目に聞く「わたし」

という一人称と、前に自分が彼女に不用意に言ってしまったことに。

「あのね、シーニユ」

「ですから」

急いで言い訳をしようとする彰の声を、シーニユが遮《さえぎ》る。

「このままで、人工人格としての特性を隠せないままでも、ヒトの助けになることが可能だ、という、新しい視点を得ることができました。ありがとうございます」

そして腰を折って実に丁寧なお辞儀をされて、彰はますます焦った。

「いや、あのね」

小さく手を振って早口に言う彰に、シーニユは顔を上げた。

「下手だ、って言ったの、あれはほんとに悪かったよ。忘れて。って、無理か……ええと、俺が言いたいのはさ、ほら、ヒトにいろんな性格があるみたいに人工人格にだっていろんな性格、個性があるんだよ。だから君は君のまま、自然体でいてくれればいい。君をつくったひとだってそう言ってた」

「え?」

自分の失言を何とかリカバーしようと早口にあれこれ言う内、勢い余って口にしてしまった言葉に、シーニユの瞳と薄い唇がふわっと開いた。

……こんな顔、初めて見た。

その「驚き」がはっきりと顔全体に表れた彼女の顔をまじまじと見つめた瞬間に、『ログアウトします』という黄色い文字が視界一杯に点滅して、それをかき消した。

エマージェンシー

大晦日《おおみそか》の夕方、彰は磯田の家に向かっていた。前回、カフェで別れる前に、せっかくだから年越しをご一緒しませんか、と誘いを受けたのだ。

どこか良い料亭にでも、と持ちかけた磯田の申し出を、彰は失礼を承知で断った。この話は、他の誰にも聞かれたくない。

すると「ご足労おかけしても良ければ」と磯田は自分の家を指定してきたので、彰はほっとしてそれを承諾した。

古い知り合いに美味しいふぐ鍋《なべ》を出す店があるのでそこから仕出しを頼みます、年越し蕎麦《そば》も用意しておきますので御堂さんは美味《うま》い日本酒でも持ってきてください、と磯田に言われ、彰は皐月の実家で彼女の両親がよく飲んでいた銘柄《めいがら》の一升瓶《いっしょうびん》を携えて、彼の家へと向かった。

——何だか、ほこほこする。

年も押しせまって車の少ない、すっかり陽が落ち切った住宅街を白い息を吐いて歩きながら、彰はひとりごちた。

誰かの家にこんな風に向かうのは、何年ぶりだろうか。

話そうと思っていた内容は最初に想定したより遥かに重たいものになってしまったのに、その重圧は確かに心にのしかかっているのに、それでも彰は、自分の心が奇妙に浮かび上がるのを止めることができなかった。

自分がまだ本当に子供だった頃、こんな帰り道があった気がする。

父も母も健在で、何一つ思い悩むことがなかった頃。

角を曲がると家の灯《あか》りが明るく灯《とも》っていて、父の車と母の自転車が車庫に並んで、自分の好物の匂いが換気扇から流れてきて。

飛び跳ねるようにして玄関を開ける、あの頃の帰り道。

耳元から流れてくるナビの音声を聞きながら、彰は角を曲がった。電車の駅を降りて少し歩いてきた辺り、まわりは古くからの高級住宅街だ。その中でも外れの方の、今時ちょっと見ないような渋《しぶ》い平屋の日本家屋が、目的の場所だった。

「ごめんください」

つられて年寄りめいた言い回しで挨拶《あいさつ》すると、からりと引き戸が開く。

「どうも、遠いところをご足労かけまして」

暖かそうな濃紺のセーターを着て、磯田がにこやかに顔を出した。

「お邪魔します」

中からほわり、と暖かい空気が流れてくるのを心地よく感じながら、彰は家に上がった。

外は見事なまでに風情のある日本家屋だったのが、屋内は綺麗にリフォームされていて、広いリビングの床は板張りで大きなテーブルが置かれていた。だが、天井から下がる明かりは和紙を使ったもので、古木の太い梁《はり》も見え、窓は障子《しょうじ》と、いかにも和モダン、といった感じの部屋だ。

磯田は彰が脱いだコートを受け取って別の部屋に置きに行き、戻ってくるとリビングの奥の方を指し示す。

「普段は食事はリビングですけどね。今日はせっかくですから、和室でいただきましょう」

そう言うのについていくと、奥に極薄の紫に細い波のラインが銀箔《ぎんぱく》で押された唐紙の貼《は》られた襖《ふすま》があって、そこを開けると実に真っ当な日本の客間があった。

「……すごい」

その真ん中に設《しつら》えられた大きな座卓の上に、すっかり食事の用意が整えられているのに彰は思わず小さく声を上げてしまった。卓上のコンロの上には既に土鍋がセットされていて、周囲には野菜やふぐの入った大皿が並び、そのまわりにも菊の花のように美しく盛りつけられたてっさを始め、あれこれと酒の肴《さかな》的な小鉢が並んでいる。

「あ、そうでした、これ、妻の田舎《いなか》の方のお酒なんですが」

提げていた風呂敷《ふろしき》包みから一升瓶を取り出して手渡すと、磯田が相好を崩した。

「ああ、これは嬉しいですねえ。じゃ、せっかくですからお燗《かん》にしましょうか。あ、どうぞどうぞ、お座りになって待っていてください」

そう言って磯田がリビングの方へ戻っていくのに、彰は軽く一礼してから辺りを見回した。窓際はぴたりと雪見障子が閉まっている。

彰は下座の、木製の座椅子に敷かれたかなりぶ厚い座布団に座った。畳の上を手で触れてみると、床暖房が入っているのかほんのりと暖かい。

「すみません、お待たせしました。……ああ、駄目駄目、お客様が下座に座っちゃ」

磯田は魔法瓶《まほうびん》と一緒にお盆にのせた陶製の湯燗セットを座卓に置くと、すぐにまたリビングへ戻って一升瓶を持ってきて、彰を追い立てるように上座へと移らせる。

「じゃ、始めましょうか」

コンロのスイッチをつけ、お猪口《ちょこ》を一つ彰の前に置くと、磯田はにっこりと微笑んだ。


とりあえず本題は食事が済んでからにしよう、と彰は思っていたし、磯田もそのつもりのようで、だしのよく利いたすこぶる美味い鍋をつつきつつ、和やかに会話しながら代わる代わるに向かいの相手にお酌《しゃく》をしあった。

磯田が言うには、今はこの家には週末に風を通しに来るくらいで、普段は職場に近いところに小さなアパートを借りているのだそうだ。

「ひとりで住むには広過ぎますからね」

と、さびしそうな横顔を向ける磯田に、彰はかける言葉が見つからなかった。

食事が進む内、互いに本題は避けていながらも、やはり会話は『パンドラ』の話が中心となる。

「一にも二にも、学習ですね。とにかく莫大な量のデータを食わせます。それはもう、天文学的質量ですね」

自分は人工人格の開発や教育の専門ではないから通り一遍のことしか話せないが、と前置きした上で、磯田は人工人格がどのように「人格」を形成するのかを彰に説明した。

「何より必要なのは、パターンです。会話や反応のパターン。集められる限りの文章や映像から、とてつもない数のパターンを学習させます。例えば『いい天気ですね』という一言だけでも、その後の会話は互いの性別や年齢、関係性、時間や場所、その一言に至るまでの状況から、数万通り、数億通りの切り返しがある。そのすべてを学び、分類し整理して蓄《たくわ》えるんです」

前回同様、磯田はよく喋りながらも旺盛《おうせい》によく食べた。だからといって食べ方が汚らしく見える、ということもなく、実に上手いこと言葉と言葉の合間合間に絶妙にぱくぱくと食べ物を口に運んでいる。

「それを続けていくと、全体が巨大な網のようになっていくんですね。一つ一つ、独立したパターンがどんどん繋がって広がっていく。複合的、複層的になっていく訳です。すると、学んだ中には存在しないパターンを自らつくり出す、そういうことが可能になる。それによって、非常に『ヒトの人格』に近い反応が出せるようになっていくんですね」

「でもそれだと、全員が殆ど同じ人格になっちゃうんじゃないですか?」

燗酒と鍋とで胃袋の底がほかほかと温まるのを感じつつ、彰は疑問を呈《てい》した。

「そこで生きてくるのが初期設定です。どこを突出させてどこを抑えるか、という話ですね。性別や年齢、興味のあるなし、様々な設定によって、読み込ませたものの取り込み具合が変わってきます。また、外向性か内向性か、というような違いで、同じように取り込んだとしても表層に出るものが異なってきます。まさに千差万別となりますよ」

磯田の言葉を聞きながら、彰はシーニユと交わしたいくつかの会話を思い返していた。

お店のことを「好きかどうか判別できない」と言っていた姿。おそらく磯田が設定したのであろうコーヒーの飲み方を、「好まれるようだ」と表現した言葉。

つまり「このような反応はすべて初期設定に過ぎない」と彼女は考えていたのではないか、彰はそう思い至った。自分が選んだことではなく、ただの上からの条件付けに過ぎないものだと。それは人間が言う「好き」とは違うのではないか、そう。

すべてにおいて厳密な彼女が考えそうなことだ、と彰はわずかな苦笑と、少しの胸の痛みと共に考えた。そこを割り切ってしまえないシーニユの不器用な物事への向き合い方が、どこか自分に似ている気がして。

その内に鍋の具材はすっかり空になって、最後には磯田が手ずから雑炊に仕上げてくれた。これがもう実にしみじみと美味しくて、口に入れた瞬間、彰は文字通り震えた。

すっかりお腹《なか》もくちくなって、これじゃ年越し蕎麦なんて到底胃に入らないのでは、と彰は危惧《きぐ》する。

それから「お客様にはさせられません」としきりに遠慮する磯田をなだめつつ二人がかりで後片付けを済ませて、再度お湯を沸かして燗をつけた酒と、漬物や乾き物など、ちょっとしたつまみを卓に並べ直して改めて二人は向かい合った。

「――では、わたしは少し、黙りますよ」

互いにお酌をしあってから、磯田はゆったりと座り直して微笑む。

その姿に背中を押される思いがして、彰は逆に背筋を伸ばし、口を開いた。

すべての経緯を語り終えた時には、もう日付の変わる時刻までわずかとなっていた。

宣言した通り、磯田は多少の事実確認以外、シーニユのことにも英一の話にも殆ど口をはさまずに、じっと彰の言葉に耳を傾けていた。だがその間、顔色が厳しくなったり悲しげになったり蒼白になったりわずかに瞳に涙がにじんだりと、表情だけでも十二分に内心の動きが彰には伝わった。

何もかもを喋ってから、ふう、と息を吐いて、もう言うべき言葉が何一つないことに彰は気がつく。

しぃん、と部屋の隅にまで四角い沈黙が満ちた。

しずかに呼吸をしながら彰が見ると、向かいで磯田がゆっくりと長い息を吐く。

それからふっと、目線を動かした。

「——ああ、もうこんな時間ですか」

彰がつられて目を向けると、壁の柱に古びた時計がかけられている。

こんなに長いこと喋っていたのか、彰は改めて驚いた。

だが気分は妙にすっきりしている。腹の底の底まで、すべてを取り出して並べて洗ってきちんと詰め直した、そんな感じだ。

「いけませんね。蕎麦を食べなくっちゃ、年も越せない」

先刻まであんなに重たい話をしていたのがまるですべてなかったかのように、磯田は立ち上がった。

「いえ、あの、遅くまですみません、もうお暇《いとま》しないと」

それにどうせもう蕎麦なんか腹に入らないし、内心でそう思いながら後に続けて立ち上がると、いつの間にかすっかり胃袋が軽くなっているのに彰は驚く。座ってただ話していただけなのに、一体どれだけ自分は消耗したのか。

「御堂さん、明日は何かご用事でもあるんですか」

台所へ向かうと、どんどん蕎麦の準備を始めてしまいながら磯田が尋ねてくる。

「いえ、特には」

「なら泊まっていってください。今は本当に人の立ち寄らない家ですから、たまにこういうことがあれば、きっと家だって喜びます」

たっぷり水を張った鍋を磯田の手から受け取ってコンロに置きながら、彰はふっとその横顔を見た。

「じゃ、お言葉に甘えます」

小さく頭を下げてそう言うと、磯田はにっこりと笑って彰の方を見た。

——つるつると喉越しの良いざる蕎麦を向かい合ってすすっている間に、年が明けた。

「ああ、食べ終えられませんでしたねえ」

磯田が少し残念そうに言いながら、立ち上がって障子を開け、縁側に出て窓を開く。

下からすうっと忍び込んでくる冷気と共に、外の暗闇から除夜の鐘の音がした。

彰が住んでいる辺りではもうほぼ生では聞けないその音に、しみじみと耳を傾ける。

「すみません、冷えてしまいますね」

窓と障子を閉めて磯田が部屋に戻ってくると、下がった室温を元に戻そうと空調が勢いよく動き出す。

「蕎麦湯飲みましょう。温まりますよ」

そう言って磯田が持ってきてくれた蕎麦湯を、彰は有り難くすすった。体の外側と内側からゆっくりと温められて、気持ちがすとんと胃《い》の腑《ふ》におさまってくる。

「――前にわたしを『パンドラ』に引き込んだ先輩医師がいる、という話をしましたね」

向かいで同じように蕎麦湯をすすりながら、磯田が何げない口調で口を開いた。

彰は思わず顔を上げて、向かいの相手を見る。

「おそらくそのひとなら、何もかもを知っています」

そして磯田が淡々とそう言うのに、鼓動が一瞬で跳ね上がった。

「そのひとはもう一線を退いて、今は葉山で暮らしています。もう長いこと、寝たきりに近い療養生活を送っていますが、頭は全く、衰えてはいません」

磯田は一度言葉を切って、目を上げて彰の視線を受け止めた。

「わたしがそのひとに、会いに行こうと思います」

彰はすっと息を呑む。

「御堂さんとわたしには、共通点がある」

磯田は彰の目を捉えたまま、しずかな声で語った。

「それは大きな、とてつもなく大きなものを、永遠に失ったことです。その痛みがいか程のものか、わたし達はよく知っている。……そしてたった今、本当は失ってはいないのにそう思い込まされて苦しんでいる人々と、失わずに済んだものを奪われたままの人達がどこかにいる。それは明らかに間違った、正されるべき状況だとわたしは思います」

……ああ、似ている。

その淡々としていながらもきっぱりとした口調と、底にひそむ強い意志、そして迷いのない「倫理観」に、彰は確かに、シーニユの片鱗《へんりん》を見出《みいだ》した。そうだ、彼等は自分達とは違う。まだ取り戻せるのだ。この大きな喪失の痛みを英一や満ちるから、取り除きたい。

「彼に会って、すべてを聞き出します。——そして必ず、この状況を正します」

磯田はそう力強く言い切って、彰にうなずいてみせる。

もともとその相手には年始にいつも挨拶に行っていたから、と話す磯田に、彰は自分も連れていってほしい、と頼んだ。磯田はすぐにそれを承諾してくれる。

蕎麦を食べ終えた後は会話も少なく、彰は磯田の厚意に甘えて風呂《ふろ》を借り、客間に敷かれた布団に横になった。

布団で寝るのなんて、皐月の実家に帰省した時以来じゃないか……いや、違う、皐月の葬式の後に宏志《ひろし》に会った時、あいつの家に連れていかれて以来だ。

そんなどうでもいいことをつらつらと考える内、彰はすとんと眠りに落ちた。


「今年もどうか、よろしくお願いしますね」

目を覚ました朝に磯田に頭を下げられて、彰はああそうか、自分は喪中なんだ、と改めて気がつく。

「去年は御堂さんとお知り合いになれて、本当に良い年でした」

深々と頭を下げ返した彰に、つい昨日までの「去年」を、磯田はひどく懐かしそうにそう言った。

冷蔵庫に残った食材で簡単な朝食を彰がつくり、磯田がマシンで淹れてくれたカプチーノをする。

最後の二口程に砂糖を入れてかき混ぜながら、磯田がふっと、口を開いた。

「貴方《あなた》の語る彼女は、娘が話した『トモちゃん』や、わたしがイメージしてデザインした『シーニユ』と、まさにそのままのようで、でも全く違うようにも感じます」

その言葉に、彰は目を上げる。

「けれどどうしてだか、娘の『トモちゃん』やそれをわたしが想像した姿よりも、ずっと身近な存在に思えます。確かなひとりの、人格だと」

磯田はどこか噛みしめるように言うと、かちん、と小さくスプーンでカップを鳴らした。

「それはきっと、『育って』いるからなのでしょうね。娘の中にいた存在やわたしがデザインしたそれを超えて、彼女は成長しているのでしょう」

夜の街にたたずむシーニユ、その灰色の瞳を思い出すと、彰の胸がふっと温かくなった。

不思議だ、彼女の設定はおそらく磯田が娘から打ち明け話を聞いた頃、つまりは二十歳前後で……なのに彼女のことを思うと、まるで小さな子供を見るような、そう、幼い満ちるに優しく接した英一や、磯田が娘に向ける思い、そんな心持ちになる。

それは彼女がどこか、自分に似ているからかもしれない、そう彰は思った。不器用な自分を懸命にコントロールして、波風を立てずに生きてきたかつての自分。周囲の力を借りて少しずつそこからはい出してきた、その過程を目の前で見せられているようで。

カフェで磯田が話していたように、子育て、という経験の中でも、こんな気持ちを感じることがあるのだろうか。

……皐月なら、自分なんかより遥かに優しく温かに彼女を「育て」られただろうに。

あの夏の頃、年末の休みになったら「子供」について話し合おうと思っていたのを、重い痛みと共に思い出す。更に深く、「家族」として結び合おうと思っていたことを。

「人工人格をつくられた時、奥様をモデルにされようとは思われなかったんですか」

皐月のことを考えるのと同時にふと思いついた問いを彰が口にすると、磯田は屈託なく笑った。

「わたしはね、吝嗇《りんしょく》なんです」

相手の言った言葉を咄嗟に漢字に変換できなくて、彰はきょとんとした。

「妻とは初めて出逢ってから、ただの友人だった時期も含めると三十五年を共にしてきました。その時間すべてが、わたしの宝物です。だから、出し惜しみしました」

ふふ、と磯田は唇の端で可笑《おか》しそうに笑う。

「わたしは彼女の存在を、わたしだけのものにしておきたかった。誰とも分かちあったりしたくなかったんです。それに、もしもつくったとしても、どれだけつくり込んでも、多分満足できなかったでしょう。まだ足りない、まだ全然違う、てね」

そう言ってなおもくすくす、と笑う磯田に、彰も微笑んでカップを唇に当てた。

……ああ、そうなのか。

お菓子のようにコーヒーを匙ですくう磯田を見ながら、彰は思う。

英一と『パンドラ』の中で会うのと同じ方法で皐月に会える、そう言われた時に自分でも予想外の強い抵抗を感じた、その理由が急にぱっと見えた。

自分は自分の中にある「丸ごと」の皐月に逢いたかったのだ。

もう自分の頭の中にしかいない、その存在に。

無論、判ってる。『パンドラ』にいる「皐月」は、自分があれから共に過ごした「皐月」とは違う。全く違う場所で、全く違う暮らしをしてきたひとだ。

だけど、夢が見られる。同じ姿をして同じ声をして、同じ調子で自分の名を呼ぶ、その姿が目の前にあれば、それをスクリーンにして自分の夢を投影できる。

けれど誰か他人の姿を通して会うのでは、その夢が醒《さ》めてしまう。

自分は確かに、自分の皐月と共にいるのだ、そういう夢が。

そうか……自分が見たかったのは、夢なのか。

改めてそう思ったことが、不思議だった。そんなことはとっくに判っていた筈なのに。

あの、カジノで女性と話をした時に。

……いや、でも少し違う、目の前の磯田を見ながら彰は思う。

あの時に思っていた自分の「夢」は、ただ単純に「仮想都市にいる皐月に逢う」ことだった。逢って、その後に何をするのか、そんなことは全く念頭になかった。

でも本当はそうじゃなかった。

自分の真の夢は、「自分の皐月に逢うこと」だったのだ。

永遠にかなうことのないその夢を、仮想空間の皐月で間に合わせようとしていたのだ。

微笑みを浮かべたままの磯田の向かいで、彰は不意に、ひどいもの寂《さび》しさに襲われた。


正月二日、彰は宏志の店に顔を出して彼と両親に挨拶した。

次の『パンドラ』の予約は四日で、その間、予定は何もない。

おせちも初詣《はつもうで》も何もない、がらんどうの正月がこれ程手持ち無沙汰《ぶさた》だとは思わなかった。毎年違った神社に出かけてみたり、皐月の実家に行ったり、そういう細々したイベントがすっかり消えてしまったからだろうか。

そんなことを思っていた氷雨《ひさめ》の正月三日、彰の携端に思ってもみない人物からの連絡が飛び込んできた。

「……え?」

相手の言うことが咄嗟には理解できなくて、彰は我ながら間の抜けた声で聞き返した。

『家を、出てきたんです……今は新幹線の中で。すみません、こんなご迷惑、かけるつもりじゃなかったんですけど』

涙にむせた、聞き取りにくい声がイヤホンから聞こえる。

通話の主は、満ちるだった。

泣きながら行ったり来たりする話をまとめると、どうやら姉と相当ひどい言い争いをした挙句に家を飛び出してきた、そういうことらしい。

『こっちの友達の家は、全部姉に知られてるので……もうどうしていいのか判らなくなって、それで』

「判った。あの、じゃ、とにかく駅まで迎えに行くから、落ち着いて」

必死でなだめて通話を切って、彰はふう、と息をついた。

どんな喧嘩《けんか》をしたのか、それはさすがに電車の中では言えないようで聞き出せなかったが、当然英一のことであるに違いなく、ずしんと胃袋が重くなる。

今はまだ、彼女に話すべきではない。この先の展望が全く不明な、今の状況では。

だがそれを隠したままで、この間英一が言った「姉のことをそんな風に考えないでほしい」という内容をしれっと彼女に伝えることも、自分には難しい。

悩みつつも時間は無情に過ぎて、彰は駅のホームで目を真っ赤に泣き腫《は》らした満ちると向かい合っていた。

とにかく詳しい話が聞きたかったけれど、内容が内容なので大勢の人がいるその辺の喫茶店で、という訳にもいかず、悩んだ挙句に近くのカラオケボックスに二人で入る。

そこでぽつぽつと満ちるが話した「喧嘩」の内容に、彰は足元からすうっと体が冷えてくるのを感じた。

先月頭に彰と会って話をしてから、満ちるの中には奇妙な安心感と焦燥感とが同居していた。

安心したのは、人に話せたからだ。ずっと自分の中にじめじめとため込んできて、どんどん発酵していくだけの思いを陽の当たる場所に思い切りさらすことができた。そしてそれを、相手に理解してもらえた。

それまでは時々、いや頻繁に、こんなことを考える自分は頭が変になったんじゃないか、そんな風に思うことがあった。けれど相手は、自分の膨《ふく》れ上がった想像を、叩き潰《つぶ》さずに聞いてくれた。それがどれだけ、自分にとって助けになったか。

長年の胸のつかえを吐き出して、満ちるは本当に気持ちが軽くなった。

だがそれと同時に、じりじりと灼《や》かれるような焦りを感じる。

吐き出したことで、発展を望みたくなったのだ。

こうしている間にも、どんどん時間は経過していく。時が過ぎてしまえばそれだけ過去の出来事を掘り返すのは難しくなる。

あしてすべてを吐き出す、という大事業を行ったのに、その先に何もない、ということが満ちるには耐え難く感じられた。

それでも、自分にできるだけのことはしてみる、と別れ際に彰が言ってくれた言葉を彼女は深く心に刻みつけた。何か判れば連絡するから、と。

けれどあれ以来、相手からの連絡はない。

更に時節は年末で、世間のそこに向けての駆け込み感が彼女の焦りを助長した。理由は何にもないけれど、こうして何の進展もないまま年を越してしまったら、そこでもうすべてがぷっつりと途切れてしまう、そんな気がしたのだ。

しかし、彰からの連絡はないまま、年が明けた。

元日と二日は、何とか我慢した。時期が時期だけに旅館のお客も多い。そんな中でも合間を縫って、ささやかに自分達家族の正月を祝う母や姉夫婦をかき乱したくはなかった。

けれど三日目になって、彼女は耐えきれなくなった。

それは姉からの、ささやかな、いつもに比べたらいっそ優しいくらいのお小言がきっかけだった。正月は勿論大学も休みで、忙しい旅館の手伝いをするのは毎年のことだ。仕事には慣れていて、考えるより先に体が動く。

とはいえこんな状況で、年が明けてからは特に眠りも浅くなり、ふと気づくとただぼーっと休憩室の机の前で座っている、そんな時間が何度かあった。

「──満ちる！」

頭の遥か上の方から、キン、と降ってきたその声に、彼女はゆるやかに頭を上げる。

目の前に、腰に手を当てた姉の清美《きよみ》がこちらを睨《にら》みおろしていた。

「何してるの、厨房《ちゅうぼう》まわってって先刻言ったよね！　あのね、お客様はお正月でも、あんたまで正月気分でどうするの！　浮かれてないで、さっさと動く！」

つい今しがたまでうすぼんやりと膜が張ったようだった頭が、さっと一瞬で晴れる。

それと同時に、腹の底から脳天めがけて、熱が噴《ふ》き上がった。

「——誰が浮かれてなんか！」

立ち上がり様にさっと手を払って、机の上にのっていた書類や雑誌を叩き落としながら叫ぶ満ちるに、清美は目を見張った。

「こんな状況で誰が浮かれてられるのよ！　そんな風に見えてるの？　ねえ、お姉ちゃんにはずっと、わたしがそんな風に見えてたって言うの⁉」

ばん、と手の平全部で机を強く叩いて詰め寄ると、清美はわずかにたじろいだ。

「浮かれたことなんて一度もない！」

ポニーテールの頭をきつく振って、満ちるはなおも叫んだ。

「お兄ちゃんが亡くなってから、わたしが浮かれたことなんて一度だってない！」

そしてそう続いた言葉に、清美の顔色がはっきりと変わる。

それを見てとって、満ちるの頭は更に沸騰した。

——あんな顔をして。

あれは間違いなく、罪人の顔だ。自分が罪を犯したことを知っている、顔。

「浮かれてるのは、お姉ちゃんじゃないの？」

なおも食ってかかる満ちるに、清美は一瞬、いぶかしげな顔つきになる。

「お兄ちゃんがいなくなったから。それで自分が、ほんとの跡継ぎになれたから。夫婦二人で、旅館のトップにおさまって、全部自分の好きなようにできて、ねえ、ほんとはそれが望みだったんじゃないの？　浮かれてるのはお姉ちゃんの方でしょ！」

――ぱん、と甲高《かんだか》い音がして、満ちるの頬が赤く染まる。

一瞬遅れて、じいんと痛みがきた。

きっと顔を上げると、目の前にまなじりを吊り上げた清美の顔があった。きっちり紅のひかれた唇はかすかに震え、走ってもいないのに短く荒い息がもれている。

「ちょっと、何騒いでるの？」

廊下の方から母親の声がしたが、二人は全く気づかずに真正面から睨み合った。

「あんた、なんてこと、言うの……あんた本気で、そんなこと思ってるの！」

「思ってるよ！　ずっと、思ってた！　だっておかしいじゃない、お兄ちゃんのことも、お父さんの借金も、全部、何もかも！」

借金、という単語を口にした瞬間、すうっと清美の顔からいろが抜けるのが判って、満ちるは嵩《かさ》にかかってじり、と半歩前に出る。

――ああ、初めてだ。

気持ちの暴れるままに怒鳴《どな》りながら、満ちるは心のどこかで奇妙にせいせいした、明るい感覚を味わっていた。怒っている姉に従わなかったのも、こんな風に真正面からきつく言い返すのも、全部生まれて初めてのこと。

自分には一生、できないと思っていた。

自分は永遠にこの人の「妹」で、つまりは格下で、どうしたって逆《さか》らうことはできない、そう思っていたのに。

できた。

できたじゃない、満ちる。

「……あんた、どうしてそれ」

「わたしになんか、バレないと思った？　子供だしバカだから。隠しておける。そう思ったんでしょう？」

清美は紙のように白い顔色をして、まじまじと満ちるを見つめる。

「知ってるの。全部、知ってるのよ。お父さんがまた下らないことに手を出して、借金一杯つくっちゃったことも。だからお兄ちゃんが大学辞めなきゃいけなくなったのも。全部知ってる」

「ちょっと満ちる……」

背中の方から母の慌てた、弱々しい声がしたが、満ちるは振り返らなかった。

「ねえ。どうやったの。その借金、どうやって返したの」

再度じり、と半歩前に出ると、清美がわずかに唇を開いたまま、逆に半歩後じさる。

「おかしいでしょ。手放すどころか、こんな、新館まで建てちゃって。その借金、一体どこにやったのよ！」

その態度がこの場から逃げようとしているように見えて、満ちるは更に逆上した。

「お兄ちゃんが亡くなったのと、その借金と、何か関係あるんじゃないの！」

もうどうにも止められずにそう叫んでしまうと、背後で「ひっ」と小さく母親が息を呑む音がする。

「……満ちる、それどういうつもりで言ってるの」

だが向かいで姉の低い声がして、一瞬で意識をそちらに引き戻される。

姉の顔は蒼白で、けれど目元の辺りがお酒でも飲んだみたいにほんのりと赤らんでいる。

——怒ってる。

それがはっきりと見てとれて、満ちるは急に気後れを感じた。

姉が本気で、怒った時の顔と声。

その迫力にくじけそうになって、けれどそんな自分に腹が立って、満ちるは殊更にきっと顔を上げた。

そうふるまえばいいと思ってる。そうすれば黙らせられると。自分の都合の悪いことは全部、そうやって上から頭を押しつぶして。わたし相手にはそれで済む、そう思ってるんだ、この人はいつも。

だけど今度だけは、負けない。

「お姉ちゃんがやったことの通りの意味よ」

「だから、それがどういう」

大好きなお兄ちゃんの為に、わたしは絶対、負けたくない。

「――お姉ちゃんが、お兄ちゃん殺して、お金と旅館を手に入れたんでしょう！」

急にしいん、と辺りが静まって、満ちるの叫びの残響が部屋を満たした。

同時にどさり、という音がして、清美がはっと目を動かす。満ちるもつられて振り返ると、部屋の入り口で母親がぐったりと壁にもたれるように横たわっているのが見えた。

清美は青白い顔色のまま、ふーっ、と長い息を吐いて、すとんと肩の力を抜く。

それから無言で満ちるの顔をひと睨みすると、すたすたと彼女の横を通り抜けて母親の傍らにしゃがみ込んだ。

「母さん？　大丈夫？」

清美が肩に手を置き声をかけると、母は弱々しくうなずきながらうっすらと目を開く。

満ちるはそんな二人を、上から睨みおろした。

そうだ、この人はいつもそう。

悪いのは姉だけじゃない。

いつも気の強い姉の言いなりで、自分や兄の意見は「我慢して」で、不満を述べようものならすぐに体調不良になって、父の借金を止めることさえできなかった。

きっと兄のことも、姉に押し切られたのだ。

自分はひとり弱々しく入院などして、被害者のようにふるまって、けれど結局それって責任逃れをしてるだけじゃないか。

罪がない筈がない。

急激に腹の底からマグマのように熱いものが噴き上がってきて、満ちるは今までどちらかというと自分と同じ、姉の被害者側にいると考えていた母を、一瞬強く憎んだ。

「……どうして、言わないの」

唇の奥から、押し殺した声が出る。

清美がキッと、下からこちらを見た。

「お姉ちゃんのせいでお兄ちゃんがあんな目にあったのに、どうして母さんは黙ってられるの？　母さんにとって、お兄ちゃんの存在ってそんなものなの？」

「満ちる！」

いきり立つ清美と裏腹に、母はただただ悲しげに目を伏せた。閉じかかった瞳から、はらはらと涙が頬をつたう。

その弱々しさが、ますます満ちるの心に火をつけた。

「母さんは旅館とお姉ちゃんの為に、お兄ちゃんの命を犠牲にしたんでしょう！」

「もうやめなさい！　一体どうしたらそんなバカげたことが思いつけるの。ミステリの読み過ぎなんじゃない？　妄想もいい加減にしなさい！」

とうとう清美は、すっくと立ち上がって両手をぐっと握って叫んだ。

「だったらどうして、御堂さんを断ったの！」

清美の言葉を遮って満ちるが言うと、姉は一瞬、いぶかしげな顔になる。

「みど、う？」

「お兄ちゃんの友達。お線香あげに来たい、お墓参りに来たい、って、あんなにいいひとなのに、どうして断ったりしたのよ！　やましいことがあるからでしょう！」

続いた満ちるの言葉に、あ、と思い出したような表情が清美の顔の上を走った。

「わたし話したからね。御堂さんに全部、お兄ちゃんのこと、借金のことも、絶対おかしいって、全部全部、話したんだから！」

清美の表情が一瞬、ヒビが入ったように強張《こわば》る。

「わたしはお兄ちゃんの事故にはお姉ちゃんと母さんが関わってる、て思ってる。それも全部、話したんだから！　御堂さん、調べてみるって言ってくれた！　わたしだけを言いくるめればそれで何とかなる、て思ってたら大間違いだからね！」

「満ちる……」

「来ないで！」

打って変わって、どこか悲愴な表情になって歩み寄ってこようとする清美に、満ちるはそう叫んでぐるっと壁際にまわった。

「今度はわたし？　同じことして、黙らせるの？」

「満ちる」

姉の声が急に悲しげなものに変わって、満ちるは一瞬、動揺する。

「あんた……あんたほんとに、お姉ちゃんのこと、そんな風に思って」

「もうこんなとこ出ていくから！」

その声音についほだされそうになってしまう自分が嫌で、はねのけるように満ちるは頭を強く振った。

「もうこんなところになんかいたくない！　お兄ちゃんを犠牲にして成り立ってるような家に、もう一瞬だっているのは嫌！」

「満ちる！」

清美の叫びを無視して、満ちるはくるっと身を翻《ひるがえ》し、廊下とは逆の、事務所側の入り口から外へと飛び出し、走り出した。


「……ごめんなさい」

すっかり肩を、いや、全身から気力を落とし切った様子でうなだれて、満ちるはぽつりと言った。

「御堂さんのこと。言うつもりじゃなかったのに、黙っていられなくて」

その向かいで、彰は強い焦りを覚えた。

英一の話では、今でも研究所は、わずかながらの金額を毎年彼女等に支払わせている。それはつまり、いまだに英一の実家と研究所には繋がりがある、ということだ。

磯田に打ち明け話をした際、彼はその件を「つまりはずっと見張っている、ということを相手に意識させておきたいのではないか」と言っていた。たとえ金に困らない状況となっても、外にバラしたらそれなりの報復がある、というほのめかしではないかと。

だとすると、彼女の姉が今度のことを研究所に話してしまう可能性は相当に高い。

……まずい。

彰は背中に、すうっと汗がつたうのを感じる。

自分の情報、名前や住所、それ等はすべて、研究所に知られている。もう何度も『パンドラ』を利用していることも。

無論、当初の自分の『パンドラ』利用の理由は、仮想都市にいる皐月に会う為だ。英一のことは不可抗力というか、いわば成り行きでこうなったのだ。

だがこの状況では、研究所はそうは思ってくれまい。最初から英一の死について調べる目的で彰が『パンドラ』を訪れている、そう考えるだろう。

彰はいてもたってもいられない気持ちになって、勢いよく立ち上がった。

満ちるが驚いた顔で彰を見上げる。

その顔を見おろして、彰はまた焦った。

そうだ、彼女、どうしよう……何せ自分の家は研究所に知られているのだ。そこへは連れていけない。

家でなくても、自分と一緒にいることで何かまずいことになるかもしれない。かといってこの状態の彼女をひとりにして、不安のあまり無茶をされても困る。

瞬間的に浮かんだのは磯田の顔だったが、これから英一のことを調べようとしている彼のところはまずい、と考え直す。現時点で彰と磯田に繋がりがあることは研究所側には知られておらず、それは大きなアドバンテージだ。磯田には研究所側から目をつけられず、自由に情報を探れる位置にいてほしい。

研究所や『パンドラ』と完全に無関係で、大抵誰かが家にいて、確実に信頼できる場所。

彰の頭には、もうたった一つしか浮かばなかった。

「満ちるちゃん」

彰は真剣な顔で、彼女を見おろす。

「携端は、持ってる？　電源入れたまま？」

「あ、はい」

「それ、すぐ落として。僕がいい、て言うまで、絶対に電源は入れないで。もし他に何か、ネットに繋がるようなガジェット持ってたら、それも全部切って」

「……はい」

満ちるは不思議そうな顔をしながらも、彰の勢いに押されたのか言う通りに携端を操作した。

彰もその間に、自分の携端の電源を切る。何せ家出の仕方が仕方だ。家族から捜索願が出されて携端の位置情報を警察に取られでもしたら面倒だし、自分を誘拐犯とかストーカーとして警察に届けられるのも困る。

「別の場所に移動する。一緒に、来て。今すぐ」

彰は満ちるの手首を握って立ち上がらせると、早足に店を出た。朝から重たく雲がたれこめていた空からは冷たい雨が降り出している。

急いでたどり着いた宏志の店の表通りに面した扉は閉まっていて、『新年は五日から営業いたします』と書かれた紙が貼ってあったが、勝手知ったる彰は脇《わき》の勝手口へとまわって呼び鈴を立て続けに鳴らした。

「御堂？　どうした？」

すぐにぱっと扉が開いて、宏志のすっとんきょうな声がした。

「どうしたよ、急に、連絡もしない……で」

勢いよく続ける宏志の目がすうっと動いて、彰の背後に隠れるように立っている満ちるの方へと動く。

「宏志、頼みがある」

宏志が何かを言いかける前に、彰は口を開いた。

「お前にしか頼めない。他の誰かじゃ、あてにならない。お前とお前のご両親のことを信頼してるから頼む、彼女をしばらく、ここで預かってくれないか」

「って……」

勝手口の小さな軒の下に立って、宏志は首を伸ばすようにして彰の後ろを覗き込んだ。

満ちるはその視線から逃げるように身を縮める。

「事情は後で、必ず説明する。でも今はその余裕がないし、万一の時に宏志は逆に、何にも知らない方がいい。悪いけどしばらく、彼女の存在は秘密にして、外に一歩も出さずに、店にも出さないで、誰の目にもつかないようにしていてほしい」

宏志は唇をきゅっと引き締めると、少し体を動かしてまともに満ちるの姿を見た。

彼女はますます、身を縮こめる。

小さく息をついて、宏志は彰に向き直った。

「お前はこの子ここに置いて、どこで何するんだよ」

「言えない。……正直、どうするのかはまだはっきりとは決めてない。でも大体のあてはある」

我ながら曖昧なことを言ってる、と思いながらも彰はそう言うしかなかった。彰本人にとっても、この事態は急展開なのだ。

「俺にもまだ判ってないことがたくさんあって、でも多分もう少ししたら全部はっきりするんだ。そうしたら宏志にも話せる。必ず話す。だから無茶言ってるのは判ってるけど、今は何にも聞かずに、俺の代わりにこの子を守ってほしい」

彰の言葉に、宏志はもう一度満ちるに目を落とした。

「……名前も、聞いたらまずい？」

「あっ、あの、美馬坂満ちる、と言います。羽柴《はしば》さん、御堂さんのとても良いお友達だと、先刻聞きました。すみません、突然こんな、ご迷惑おかけして」

宏志の問いに彰が答える前に、満ちるがぱっと傘を脇に落とすように置いて早口に言いながら体を腰から折ると、背筋のぴんと伸びた実に綺麗で丁寧なお辞儀をした。

「ミマサカ？」

高い背をかがめてその傘を拾い上げ、まだ頭を下げたままの満ちるの上にかざしてやりながら宏志が呟く。

「え、それ、どっかで……あ、宮原の」

ぴょん、と跳ね上がった声に、彰は仕方なく小さくうなずく。

「宮原の友達の、妹さん。事情があってしばらく預からないといけないんだけど、俺も少し留守にするから、宏志に頼みたいんだ。ないとは思うけど、万一彼女の身内とか関係者とかいう人がコンタクト取ってきても、シラを切ってほしい」

全く同じ姿勢で頭を下げたままでいる満ちるを一瞬見つめてから、宏志はごく軽く、指の先でぽんぽん、と彼女の肩を叩いた。

「もういいよ。頭上げて、傘持って。濡れるよ」

満ちるがはっとした顔つきで姿勢を戻すと、少しためらいながら宏志の手から傘を受け取る。

「引き受けた」

と、実に簡単に一言、宏志がそう言って、彰も満ちるもはっとして彼を見直した。

「御堂がさ。俺にこんな風にもの頼んでくるなんて、初めてなんだ」

目をぱちぱちさせている満ちるに、宏志は歯を見せていたずらっぽく笑ってみせる。

「それってエマージェンシー、てことだろ。そこは期待に応《こた》えるのが、長年の親友ってもんだ」

「……宏志」

「それにこういうの、男の憧《あこが》れシチュエーションの一つじゃね？　俺一生に一度は言ってみたいんだよ、タクシー乗って、『前の車の後を追ってください』てヤツ」

いかにも愉快げな宏志の口調に、呆気《あっけ》にとられていた態《てい》の満ちるが軽く吹き出した。

……笑った。今日、初めてじゃないか。

彰はこっちにも驚いて、宏志と満ちるとを交互に見た。

「ん。良かった」

その笑顔を優しく見つめて、宏志が小さくそう言う。

「ありがとう、ございます」

まだほんのりと笑みの気配の残る唇で、けれど大きな瞳に涙をたたえて満ちるはそう言うと、また深々と頭を下げた。

それから彰は、宏志の店の電話を借りて磯田に連絡を取った。

急な事態に相手は当然、かなり驚いている。

「……それで、実は明日が『パンドラ』の体験日なんですが、どう思われます？　もし既に向こうが、僕が美馬坂くんの死について調べている、てことを知っていたとしたら、僕が『パンドラ』に行くのはまずいですよね？」

『明日、ですか？　いや、それならまだ、大丈夫かもしれません』

明かりを落とした店の隅で、声をひそめて話していた彰の目がぱっと大きくなる。

『知ってるのは古い、上の人間ばっかりなんでしょう？　今の時期、出社してるのは「パンドラ」の技術者系の下《した》っ端《ぱ》さん達ばかりで最小限の人数でまわしてるんです。お偉い方々はね、正月には仕事のメールやトークは見も受けもしませんから。だから、そうですね、五日頃までなら多分、彼女のお姉さんも向こうとは連絡もつかないと思いますよ』

「そうなんですか……」

『だから、明日は「パンドラ」、行った方がいいです。今の状況、中にいるお兄さんに伝えないとまずいですから』

磯田の言葉にきゅっと身がひきしまるような思いがして、彰は背筋を伸ばした。

それと同時に、つくづくと英一に申し訳ない気持ちになる。巻き込んでしまった。彼女を。それはおそらく、英一が最も望まないことであったろうに。

『御堂さん』

唇を嚙む彰の耳に、磯田の穏やかな声が響いた。

『起きてしまったことは、仕方がないです。と言うより、こうなったのは、七年という長い時間、誰も彼女の気持ちに真剣に耳を傾ける人がいなかったのが原因です。彼女は長年、自分の中で悲しみや不安を濃縮させてきた。貴方のおかげで、彼女はそれを解放することができたのですよ』

磯田の言葉が、すり傷を負ったようにひりひりしている彰の心の表面をしっとりと覆《おお》っていく。

『後はわたし達の番です。彼女やご両親、お姉さん、身近な人達にきちんと説明できるだけのことをやりましょう』

「はい。……ありがとうございます、先生」

奥歯で嚙みしめるようにそう言うと、彰は画面をオフにしたままの電話に向かって深々と頭を下げた。


それから彰は磯田の「大丈夫」という言葉を信じて、家に戻った。

相当警戒はしていたが、マンションのまわりも自分のフロアでも特に不審な人の気配は感じず、ほっと安心する。

帰ったついでに家のパソコンからメールも見てみたが、意外なことに清美からの連絡は一切入っていなかった。

もしかしたらあのやりとりの後、他の従業員や妹や夫にチェックされるのを恐れて、こちらからのメールは勿論、自分が返信したメールさえも全部削除したのかもしれない。だとすればこちらのアドレスが判らなくなっていてもおかしくはない。

それなら自分のことは研究所に伝わらずに済むかも、と一瞬希望的観測を抱いたが、でも「御堂」という特徴のある名字を満ちるが口にしてしまっていることと、ただ単純に「削除」ボタンで消したメールなど、その気になれば研究所側はすぐに復活できるだろう、と思ってそんな甘い考えは即座に捨てる。

当座の荷物をまとめると、彰は新宿の安いビジネスホテルを一週間予約した。人目が多いところの方が逆に安全に思えたのだ。

ホテルの部屋でひと息つくと、彰は久しぶりに睡眠薬を飲み、不安な眠りについた。

もがれた翼

この日の『パンドラ』入りは、彰にとってはある意味で初回よりも遥かに緊張が大きく感じられた。

だがまるっきりいつもの様子の係員達と接している内、どうやら本当にまだ研究所には自分のことは伝わってないらしい、と判って全身から力が抜ける。

店に急いでそこですべての事情を説明すると、彰は小さく息をついて、向かいで半ば呆《ぼう》然《ぜん》としている英一の顔を申し訳なく思いながら見つめた。

彰の隣のシーニユは、相変わらずひとかけらの驚きも見せずに座っている。

前回のログアウト時についもらしてしまった「自分がシーニユのデザイン主を知っている」という話については、彰はあえて触れなかった。ただ、「事前の健康診断でみてくれた医者に偶然再会して仲良くなった、その先生が昔の知り合いに話を聞いてくれるそうだ」というだけの説明にとどめている。

今日は広場から直接『Café Grenze』に来たのだが、駆け込むように店に入ってきた彰の切《せっ》羽《ぱ》詰《つ》まった様子が判ったのか、彼女は何も問うてはこなかった。

それを半ば申し訳なく、半ば有り難く思いながら、彰は急いで満ちると姉の諍《いさか》いとその末の状況を、全部英一に打ち明けたのだ。

「……僕が最後に帰省したのは、大学一年の終わりの春休みなんだ」

長い長い沈黙の後に、英一がぽつりと口を開く。

「ちょうど自分が『死人』になった一年前。だから、僕が最後に満ちるに会ったのは、あの子がまだ十一、小学五年生の時になる」

そう言うと英一は、ふうっと深く息を吐いた。

「大学入って家を出て一年、離れて暮らすのは初めてだったから、満ちるは僕のいない生活が大分こたえてたみたいで、戻る時には往生したよ。『行かないで』『連れてって』って何度も泣かれて、こっちがこたえたっけ」

まだどこか幼げな面影《おもかげ》を残した満ちるの顔を思い出し、彰は胸が痛んだ。その一年後に彼女がどれ程の衝撃を受け、そしてそれからの七年、どれ程の癒《い》えない傷を抱え続けてきたかを思うと尚更《なおさら》だ。

「けど、心のどっかで、所詮《しょせん》子供だと思ってた」

英一はそう呟いて、わずかに下唇を噛む。

「家を放って遊んでばっかりの父親と子供にもきつくあたる姉、その二人の間で小さくなってる母親、そんな家庭で暮らすのは確かに辛いことだとは思う。でも、大人になれば家だって出られるし僕のことも時間が経てば忘れる、それできっとあの子は幸せになる、そう自分に言い聞かせて、それを信じようとしてた。でも」

テーブルの上で組んだ両手の指に、英一は目を落として。

「この間、お墓に行った御堂くんのところに会いに来た、ていうの聞いて……ああ、そんなにひきずってたんだ、それ程の……傷だったんだ、って、ショックだった」

「……当たり前だよ」

今の英一を責めるのは酷だし間違っている、そう思いながらも彰はどうしても止めることができずに、小さく言い返す。

「大事な、ひとだったんだ。本当に。それをいきなり理不尽に奪われて、納得のいかないことだらけで、そんな傷、時間で消せたりなんかしないよ」

その言葉に無意識の内に自身の気持ちが含まれていたことに、彰は声にして初めて気がついた。そうか……だから自分はこんなにも深く、満ちるに肩入れしてしまうのか。

突然の暴力的な理不尽さで大事なひとを奪われた、その深い傷跡。しかも英一は本当は生きているのに、まわりの都合で死んだと思い込まされていた、そんな大人達の都合の為に何年も心底苦しんでいることがあまりにも不憫《ふびん》で。

けれど、すっと顔を上げた英一の瞳の中にどうしようもなく濃い諦念《ていねん》が満ちているのに、彰はたった今自分が口にしたことを震える程後悔した。

「……うん」

自分は今、自分の勝手な思い入れの為にこのひとに非道《ひど》いことを言った、はっきりそう自覚しながら彰は何も言えないままで、英一の方も何一つ否定せずに目を伏せてうなずく。

「僕は……今までずっと、それを見ないようにしてた。まだ子供だからきっと忘れる、姉達も僕がいない方がずっと上手くやれる、どこにも問題なんてない、そういう風に……思って、いたかったんだ」

こつ、こつ、と、一つ一つ、石を打つハンマーのように刻まれる英一の声に、彰はどんどん、息が苦しくなるのを感じる。

「だけど、違ってた」

英一は顔を上げ、ふっと目線をどことも判らない遠くへ向けた。

「全然、そうじゃなかった。僕はここにいて、ずっと勝手にそうだと思ってて、でもほんとは全然、そうじゃなかった。皆が皆、苦しんで、辛くて、でもそれを隠して抱え込んで、爆発寸前の空気の中でずっと生きてたんだ。僕はそれから目をそむけて、皆平和に楽しく暮らしてる、って、そう勝手に決めつけてた」

「美馬坂くん」

「その方が、楽だったから」

「美馬坂くん」

彰はたまらず立ち上がって名を呼んだが、英一はそれを完全に無視して誰に聞かせるともなく話し続ける。

「そういうことにしてここで生きていく方が、楽だったから。……ねえ、僕はもうここで、七年暮らしてきたんだよ。この仮想都市の暮らしが、僕の日常なんだ。もし今度のことが全部明るみに出て、そこで何らかの技術の進歩があったとして、外に出られる、そうなったとしても……僕は、出たくない」

そう言うと英一は、年老いたマスターの手で顔を覆った。

「出たくない。怖いんだ、僕は。今更外になんて、出られない」

彰は言葉も出ない程の衝撃を受けて、その姿を見おろした。

ああ……本当に、彼は、彼の家族は、あの実験の為にどれだけ心を、歪《ゆが》ませられたのだろう。長い長い時間の中で受け続けた重圧が、どれ程一つの家族を、ひずませたのか。

いつか実験の時に見た、英一ののびのびとした長い手脚の動きと、空に垣間見《かいまみ》た鳥の影を彰は思い返した。

確かにあの時、彼には翼があるようだったのに。

ふと目を離すと、どこまでもどこまでも飛んでいきそうに自由だったのに。

今、彰の目の前で顔を覆って座っている彼の背には、もう羽がなかった。

彰の胸がうずいて痛む。

「だから見ないように、してたのに」

顔を覆った両手の間から、英一の声がもれ聞こえる。

「僕は僕の平和を守る為に、外は外で平和だ、そう思っていたかったのに」

「……美馬坂くん」

大きく息を吐くのと同時に名を呼ぶと、一緒に涙までこぼれそうになって、彰はそれを必死にこらえた。

「その僕のずるさが、満ちるを追い詰めた」

殆ど聞き取れない程の小さな声で、英一は呟く。

「多分あの子が人生で一番僕を必要としていた時に、僕は傍にいてやれなかった」

「それは美馬坂くんのせいじゃない」

たまりかねて彰が声を上げると、英一はそろそろと顔から手を離してかすかに微笑んだ。

「うん。でも、あの子の苦しみを存在しないことにしてたのは僕だ」

そしてまるであっさりとそう口にされ、彰はまた何も言えなくなる。

「それにもう、動き出したんだよね。……状況は動き出した。もう止められない」

ゆっくりと両の手をテーブルに置くと、大きく深呼吸する。

「だったら、覚悟を決めなくちゃ。満ちると同じに」

英一はぐっと力をためた声で言うと、ふと目を上げ彰を見て、いつもの人なつっこい笑みを浮かべた。

「よし。やろう、御堂くん。僕がここにいること、全世界に知ってもらおう」

彰はまた、ぎゅうっと喉の奥が詰まるのを感じながら、一つ息をして腰をおろした。

「それで、どうやって公表するつもりなの？　テレビ？　新聞？　雑誌？　ネット会見？　手元に今、僕の証言以外に使える物証はあるの？」

座るやいなや、すっかりモードの切り替わった英一に矢継ぎ早にそう言われ、彰は先刻とは別の意味で言葉に詰まる。

「すみません」

と、その隣でシーニユが、小さく片手を上げた。

「美馬坂さんのお姉さんが研究所の関係者とご連絡がつくのは、おそらく明日か明後日《あさって》になるのですよね？」

「えっ？」

二人はきょとんと顔を見合わせ、それからシーニユを見た。

「そうなれば研究所側が御堂さんのお名前を把握します。御堂さんが『パンドラ』を何度か利用されているのは、当然、所の知るところです。となれば、その際に一体中で何をしていたのか、を解析しようとするのではないでしょうか。そうすると美馬坂さんがここに来ていることも、知られてしまいます」

マスターの口髭の下の口がぽかんと開く。

「……確かに、そうだ。それはすごくまずい」

それから早口にそう言って、彰とシーニユを交互に見た。

「御堂くん、君、今回で『パンドラ』何回目？」

「えっ？　ええっと、六回目」

「そう。じゃ、その六回分の日付と時間、中で彼女と一緒じゃなかった時の行動、できるだけ思い出して。どこに行ったとか、誰と話したとか」

「いいけど、どうして」

「彼女に協力してもらって、君のログを書き換える。別のところでやってたことはできる限りそのまま残して、この店に来たこととか、彼女や僕と会話したこととか、そういうのを全部違う内容に変える。……そうだなあ、映画やオペラ見てたとか、図書館行ってたとか、そういう、他の体験者や人工人格とできるだけ接触しないような内容に」

「判った。……何か書くもの、あるかな」

「お持ちします」

シーニユがそう言いながら素早く立ち上がって、カウンターの中から何枚かの紙とボールペンを持ってきた。

「ありがとう」

彰はそれを受け取ると、各回の体験を思い出せるだけ思い出しながら書き込んだ。

「……うん。多分これで、抜けはないと思うよ」

ひと通り書き終えてから、彰はそれを、英一に差し出す。英一は自分は読まずにシーニユに手渡すと、彼女はトランプを繰るようにざざっと流し見して、彼に突き返した。

英一も同じように素早く中身を見ると、ふっと彰の方を見てにやっと笑う。

きょとんとして見ていると、英一はくるくる、と紙を両手で丸めて球にして、ぱくっと口に放り込んだ。

「え、美馬坂くん？」

仰天して声をかける彰にぱっと口を開いてみせ——何もない——それからふふっ、と笑みを浮かべる。

「ここ、仮想だよ。忘れてた？　読み込んだから、もう要らない。てか、残しといたらかえってまずい」

そうか、いくら紙に見えても、あれ、紙じゃないんだもんな、彰は改めてそう思ってひどく不思議な気分になる。この何度かの滞在だけで、自分がすっかり、中のことが全部、外の世界とおんなじだ、と頭から思ってしまっていることに目が覚める思いがした。

――あっさりですよ、現実なんてね。

いつか磯田が言っていたことを思い出す。本当に、そうなのかもしれない。

そして今しがた、外に出るのが怖い、と語っていた英一の心情を胸の内で嚙みしめる。

彼にはもう、ここがすっかり、現実なのだ。

先刻は英一のことを、「羽がもがれてしまったようだ」と思った。けれど、そうやって空を飛ぶ自由をもがれながらも、たったひとりでこんなにも強靱《きょうじん》な精神を保《たも》っている彼のことを、彰は素直に凄いと感じる。

「どう書き換える、シーニユ？」

「そうですね、初回にこの店に来られた時のことは残すべきだと思います。榊原《さかきばら》さんの件はスタッフ側でも把握済みですから。クリスマスマーケットでお会いしたことについては、同席していた男性のシリアルナンバーが判りますので、その方の御堂さんと接触した部分のログを書き換えられれば良いのですが」

英一の問いにシーニユはすらすらと答えた。

「ああ、ナンバーが判るなら大丈夫。よし、じゃ、僕達はこれから、ログを書き直す。御堂くんはここを出て、そうだな、三十分くらい街をぶらついて、それから図書館でログアウトまで本でも読んでて」

「うん、判った」

「で、問題は次回なんだけど。もう予約してるんだよね？」

「あ、うん。一週間後」

言いながら彰も、確かにそこは問題だ、と思う。今日はまだ良い。でも一週間後にはさすがに、清美の方から研究所に彰の話が伝わってしまっているだろう。

「キャンセル、するべき……なんだろうけど、今までずっと毎週通ってて、このタイミングでキャンセルって、それやっぱり探ってました、て言ってるようなもんだよね？」

彰が言うと、英一は難しい顔をして大きく腕を組む。

「けど、キャンセルせずにしれっと来たとしても、今度は中での行動、逐一《ちくいち》モニタされるだろうから、来たって結局、僕やシーニユに会って話をするのは無理だと思うよ」

「確かに。じゃ、今後どうやって連絡取ったらいいんだろう」

「うーん……」

英一は彰とシーニユの顔を交互に見たが、彼女もどうにもしようがないのか、無表情に見返してくるだけだ。

「誰か、代理の……ああ、そうだ、先刻言ってたお医者さんにログインしてもらって話せないかな」

「あ、ごめん。そのひと人工肺持ちで、『パンドラ』には入れないんだ」

「ああ、そうなんだ。残念、そういうひととなら交渉もやりやすかったのに」

英一は眉根を寄せて、テーブルに片手で頬杖《ほおづえ》をつく。

彰の脳裏には、宏志の顔が浮かんでいた。いや、でも、そこまで図々しい頼みをするのは、さすがにどうなんだろう。

「……そのさ、満ちるを預かってくれたひと、その彼は、御堂くんがそこまで信頼できる、そういうひとなんだよね?」

そう考えていたところに、英一から、彰としてはできれば避けたかった質問が来た。

「……うん」

だがこの問いには、それが真実であるというのと共に、もし否定すれば「何故そんなところに妹を預けた」となってしまうという二重の意味でうなずく以外にない。

「とんでもない迷惑だってことは承知の上だけど、そのひとに、頼めないかな。『パンドラ』に来てもらって、僕等と御堂くんの、橋渡し役になってもらう」

もしそれを頼めば宏志はためらいなく承知する、そう彰には判っていた。判っていたからこそ頼み辛い。

「御堂くんがそのひとを巻き込みたくない、て気持ちは判る。すごく判る。僕だって満ちるのことは巻き込みたくなかった。でも実際、今の状況でそのひと以外に頼れる人が僕等にはいない。迷惑なのを承知の上で、どうか、頼むよ、御堂くん」

英一はテーブルの上に両の手をつき、頭を下げる。

彰は一度深く呼吸して、小さくうなずいた。

「頼んではみるよ。でも、断られたらごめん」

もし本当に頼んだら断られないことは判っていたけれど、あえてそう言う。帰ってから一度磯田とも話し合って、その上でやはり巻き込みたくない、となったら英一には悪いが頼まずにおこう、彰は内心で思った。

「それは仕方ないよ」

けれどそう言って薄い笑みを浮かべた英一の顔が、そんな自分の思惑をすべて見抜いているようで、ずきりと良心が痛む。

「そのひとにだって、暮らしや家族があるだろうしね。断られたら無理強《むりじ》いはしないで。満ちるを守ってくれてるだけで、僕はそのひとに返しきれない恩があるんだから」

そしてそう続けた英一が、暗に彰のその思惑を「そうなったところで仕方がない」と受け止めてくれているのが伝わって、ますますいたたまれない気持ちになった。

それから英一はシーニユに軽く視線を移す。

「シーニユ、少し、二人だけにしてくれないかな。御堂くんと、二人で話したい」

「判りました」

シーニユはうなずいて立ち上がると、小さく会釈して店の外へと出ていった。

「もしかしたら、もうこうやって直接には話せないかもしれないから」

シーニユが外に出ていくのを見届けると、英一は座り直して改めて彰に向き直った。

その言葉に、彰はまた胸が重たく痛むのを感じる。

「まず満ちるのこと。迷惑かけてすまないけど、どうかよろしくお願いします」

すると英一が深々と頭を下げてきたので、彰は慌てて両手を振った。

「いや、どっちかって言うと僕が巻き込んだ側だから。美馬坂くんには、ずっと謝らなきゃ、て思ってた。本当にごめん」

彰はそう言いながら更に深く、頭を下げ返した。このことについては本当に申し訳ないと思っている。

英一は微笑んで首を横に振った。

「御堂くんが来てくれなかったら、僕の頭の中にいる満ちるはこの先もずっと、小学生のままだった。何を考えて、どんな風に毎日過ごしているか、そんなこと絶対に知ることができなかった。だから、むしろお礼を言いたいよ。ありがとう、御堂くん」

彰の胸の痛みが、よりいっそう深くなる。

「僕さ、ほんとに……驚いたんだよ」

英一はそんな彰の内心には気づいていない様子で、しみじみと呟いた。

「御堂くんと、ここで会った時。ああ、歳をとってる、って」

この店で再会した時の言葉と同じことをもう一度言って、英一は微笑む。

「都市での僕の見た目はちっとも変わってない」

マスターの皺の寄った手の甲をためつすがめつ眺めながら、英一は感心したように首を振った。

「あの時さ、思ったんだ……ああ、真っ当に歳をとる、ていうのはこういうことなんだなあ、って」

小さく息をつくと、英一はマスターの手を撫でた。

「僕のここでの七年は、御堂くんの七年にはかなわないんだ。……ここから出られなくなったのはもう不可抗力だと思ってるし、ある意味で他の人にはできない面白い体験だとも思ってる。おかげで実家も助かったし、もうこれはこれで良いじゃない、そうずっと思ってた。今だってそう。だけど……あの時、御堂くんの、七年分歳をとった顔を見た時、何かが、刺さった気がした。細くて長い針みたいなものが、ここに」

そう言って胸元に手を当てる英一の姿があまりに痛々しくて、でも目をそむけるのは許されない思いがして、彰はぐっと下唇を噛む。

「もうそういうの、完全に捨てたと思ってたのに、強烈に……ああ、どうして自分はこんなところにいるんだろう、って。本当ならあった筈の時間、あった筈の自分、そういうのがいっぺんに胸に押し寄せて、あの日は眠れなかった」

そんな話をしながら、英一は何故か目を細めて笑った。

「今となっては外に出るのは怖いけど、そうなってる自分も含めて、悔《くや》しかった。あの時あんなことにならなかったら、こんな臆病《おくびょう》な自分じゃなかった筈なのに」

「……美馬坂くん」

彰はきつく両の手を握りしめて、ともすれば震えそうになる声を何とかこらえてその名を呼んだ。

「僕はまたいつかきっと、ここに来るよ」

英一はふい、と目を動かして彰を見た。

「今までのこと、証拠を見つけて、必ず公表する。多分大騒ぎになる。でも君がいる以上、『パンドラ』はともかく、都市を閉鎖することはできない筈だ。ここと『パンドラ』はいわば地繋がりな訳だから、それなら同じ方法で都市にも入れるだろう？　そうなったら、どんな手を使ってでも、必ず君に、会いに行くよ。満ちるちゃんを連れて」

英一はゆっくりと呼吸しながら、彰をじっと見つめる。

「……ありがとう、御堂くん」

彰は小さくかぶりを振って立ち上がった。

「もう行くよ」

「もし、そうなったら」

彰の言葉を無視して、英一は声を上げる。

「もし、君が都市に来られたら……その時は今度こそ、皐月さんに会えるね」

椅子の位置を直そうとしていた彰の動きが、ぴたりと止まった。

ゆっくりと顔を動かして、英一の方を見る。

向こうはそれ程の他意もなく言った言葉らしく、いつもの人なつこい笑顔でいかにも「良かったね」という顔つきでこちらを見返してくる。

彰の唇がわずかに開いた。

「考えも……しなかった」

「え？」

彰は目線を落として、深く呼吸する。

「別に、皐月のことを忘れてた訳じゃないんだ。彼女のことは、どんな一瞬だって忘れられない。だけど、そっちじゃなくて……なんて言うのかな、都市にいる皐月に何としてでも会うんだ、ていう、それに自分の全部をしがみつかせて、のめり込んで……そういう、執着？　妄執みたいな、そういうの……忘れてた、ここしばらく」

彰は英一に向かって話す、というより独り言のように呟きながら、長い息を吐いた。

皐月を失った後、しばらく無感覚な日々が続いて、それから『パンドラ』のことを知った時、生き返ったような気がした。世界にいろが戻ってきたような。

けれど実のところ、それはゼロを指していた頭の中のすべてのチャンネルを一斉にそちらに切り替えたに過ぎなかった。とにかくそのことだけに一散《いっさん》に走っていれば、自分は生きられる。すぐ脇にぽっかり開いている大きな穴に気づかないようにして。

それがどういうことなのか、ということからは目をそむけ耳を塞いで感覚と感情を殺して走ってきた、けれどあの日、シーニユに何もかもを吐き出して自分の中のどうしようもない執着を肯定された、それがかえって、その激情を和らげてくれた。更には英一や満ちる、磯田達と出逢ったことで、自分の本当の欲求、本当の「夢」のかたちが見えてきた。そのおかげで自分は少しずつ「こころ」を取り戻せたのだ。

「……そう」

彰の呟きに、英一は柔らかく微笑んだ。

「うん。……君とシーニユのおかげだと思う。ありがとう」

改めて頭を下げると、英一は笑って手を振る。

「それはもう、僕じゃなくてシーニユだよ。……行く前に、ちゃんと話、してあげて」

彰は軽く目を瞬いて、英一の顔を見直した。

「僕はここで、たくさん……本当にたくさん、もの凄い数の人工人格の教育をしたよ。彼等は確かに、それぞれに個性を持ってる。僕が客として『パンドラ』に入ったらきっと気づかないだろうな、て仕上がりの子もたくさんいる。でも、シーニユみたいな子はいなかった。今までひとりも」

英一は数を数えるように、指先でとんとん、とテーブルを叩いた。

彰は何だか心配になって、体をまともに英一の方に向ける。

「シーニユは……そんなに、変わってる？」

そんなんじゃまわりに溶け込めずに本人がしんどいんじゃないか、そう思う彰に英一は軽く笑ってみせる。

「いや。……あ、いや、変わってるのかな……でも、普通なんだよ。すごく普通。いるよなあ、て思うんだよ。変わってるんだけど、こういう子、いるよなあ、って。すごく当たり前に。どこかの街中できっとすれ違ってるんだろうな、てレベルで」

意味が判らず目をぱちくりさせていると、英一はまた歯を見せて笑った。

「『パンドラ』の人工人格って、基本サービス用だから。だからある意味、全員サービス業のプロみたいなできあがりな訳。一般客のふりをする子達だって中身はそう。いわば、銀座の一流のホステスやホストが、日常でそのトークテクを披露してる、みたいなさ。多少機嫌の悪い様子や議論になっても、それもやっぱり、皆サービスなんだ。相手側が何を望んでるのかを計算して、先回りしてふるまってる。……だけど、シーニュは違う」

英一の言葉は水のように彰の胸に染《し》み込《こ》んだ。そうだ、彼女は明らかに、他の人工人格とは何かが違う。

「あの子は普通だ。本当に普通。当たり前に社会のあちこちにいる、ちょっと変わった子。あの子がやってることは『サービス』じゃない。計算はゼロ。でもきっと、だからこそ君の心を打ったんじゃないかな。僕はそう思う」

……ああ、そうだ。あれは「サービス」なんかじゃない。

彰はわずかに微笑んでうなずく。

彼女が彼女として、「客の相手をする人工人格として」ではなく、彼女自身として対峙《たいじ》してくれたことで、自分は心から彼女を信頼し、あんなにも自らを解放できたのだ。

「うん。僕も、そう思うよ」

英一が彰を見上げて、ふっと目を細めて笑った。


店を出ると、少し離れた街灯の下に立っていたシーニュがこちらをまっすぐに見た。

彰はそちらに向けて歩いていく。

「あのね。君を、つくったひとのことだけど」

深呼吸をして話し出そうとした彰を、シーニュは片手を上げて止めた。

「そのお話は不要です。その情報は、特に必要ではありません」

彰は驚いて彼女を見直した。

意地を張っていたり強がったりしているのではないか、そう思っていつもの無表情なたたずまいの奥にあるものを見抜こうとじっと見つめてみたが、声にも態度にも、取り立ててそんな様子は見られなかった。まるで普段通りだ。

「ただ、一つだけ確認したいことがあります」

するとシーニュがそんな言葉を続けて、彰ははっと彼女を見直す。

「その方は、カプチーノの最後の二口に、砂糖を入れて召し上がるのでしょうか」

そして続いた台詞に、ゆっくりと彰の口元に笑みが浮かび上がった。

「……うん。若い頃、奥様に教わって、やってみたら美味しくて、それで好きになったんだって」

軽くうなずいて答えると、シーニュがかすかに顎を動かした。

「教わって、美味しくて、好きに」

そして小さく呟くように繰り返すのに、大きくうなずき返す。

「そう。教わって、美味しくて、好きになったんだ」

君と同じに、そう続けたいのをあえて呑み込む。

「設定」だから好きになった、でもそれは「もともと自分は知らなかったことを教えられて好きになった」のとそんなに違いがあるだろうか。

天上から与えられたものであっても、美味しいと思うならそれはもう「好き」で良いじゃないか。先生の娘さんだって、そうやって「好き」になったんだ。

そういうことを全部呑み込んでじっとシーニュを見つめていると、しばらくしてから、彼女は納得したようにわずかにうなずいた。

「判りました。ありがとうございます」

小さく会釈したと思うと、すっと店の方に戻っていこうとするシーニュを、彰は驚いて呼び止めた。

「もう行くの?」

「これから書き換え作業がありますから。全面的に書き換えることを考慮すると、御堂さんがここにいる時間は短ければ短い程良いです」

半身だけ振り返って、シーニユはうなずく。

「……まあ、そうだね」

一分の隙《すき》もない正論を言われて、彰は不承不承、首を縦に振った。

「でも、こうやって直接話せる機会はもうないかもしれないから」

けれどやっぱりもう少し話をしていたくてそう言うと、シーニユは真面目にいぶかしげな顔をして「そうは思いません」とまともに向き直る。

「御堂さんが美馬坂さん達の現状を公表する、ということは、御堂さんがこの問題の中心人物のひとりになるということです。そして原因がある、つまり劣位となるのは研究所の方ですから、この問題にきちんとメスが入れば、優位側である御堂さん達がその際に都市や『パンドラ』を訪れることはそれ程難しくはないのではありませんか」

ごくごく当たり前のようにそう話すシーニユを、彰はまじまじと見つめる。

つい先刻、自分は英一に言った。またいつか必ず、会いに行くと。

けれどもそれは「いつか」の話、どこか夢物語に近かった。何もかもがすべて終わったずっと先のことで、しかもその時には都市はともかく、『パンドラ』はないだろう、そう漠然と思っていた。まずそもそも告発が成功するのか、それすら自信はない。

けれどシーニユの発想はもっと真正面で、そして告発が成功すれば、かなり現実みを帯びる話だった。

確かにきちんと事態が糾弾されれば、近い将来、マスコミが都市や『パンドラ』の中に入って取材をしたりもするだろう。ならばその際に、告発者となる自分がそこにいることは、可能性として普通に有り得る。

そう思うと同時に、少し感動する。自分が必ずこの問題を何とかする、必ず告発を成功させる、それを一ミリの疑いもなく信じている、彼女に。

その信頼は、彰の心を温めて勇気づけた。

磯田が話していた、「誰かの心にじっと寄り添えるような存在であってほしい」という言葉を思い出す。

「……ありがとう」

口元に自然に浮かんでくる微笑みと共にお礼を言うと、シーニユは小首を傾げる。

「お礼をいただくような覚えがありませんが」

「俺にはあるよ」

いつかと同じ会話を交《か》わして、彰はもう一度微笑んだ。

「シーニユ」

「はい」

名を呼ぶと、いつものように彼女は即座に反応する。

「君にずっと、聞きたいと思ってた……初めてあの店で逢った時、君は奥の席で、本を読んでいたよね。あれは、何を読んでいたの？」

彰の問いに、彼女は珍しく数秒の間を空けた。

「プルーストの『失われた時を求めて』です」

そして返ってきた答えに、ああ、と深く納得する。

間違いない。誰が何と言おうが、それは定義として違うだろう、と言われようが、自分には間違いのない、確かな事実。

彼女には確かに「こころ」がある。

彰はゆっくり息をついて、柔らかに微笑んだ。

「俺はそれ、読んだことがないんだ。けど、読んだひとが言ってた。……『シーニユ』とは、ヒトの人生に顕《あら》われて真実と生きる力を与えていく『しるし』なんだ、って」

シーニユはすっと唇を引き結んで、灰色の瞳でまっすぐに彰を見る。

「君が正しいよ」

彰はシーニユに一歩近づき、手を差し出した。

「君の言う通りだ。——また必ず、ここで逢おう」

一言一言に力を込めて言うと、シーニユは背筋を伸ばして彰の手をぐっと握って「はい」と小さく、うなずいた。

第五章

彰は『パンドラ』を出た後、満ちるの様子を確認する為、宏志の家に寄った。夕飯をつくるから、というので店の席で待っていると、奥から彼女が出てきたのに目を見張る。

「それ、どうしたの」

「あっ……あの、羽柴さんの、ご両親が」

満ちるはここへ来た時のシャツにセーターにジーンズ、という地味な服装とは全く違う、ほんのりと袖《そで》の膨らんだ、お人形のようにかわいらしいワンピースを着ている。

話を聞くと、とりあえず二人は、宏志の親に対して「亡くなった大学の同級生の妹で、事情は言えないが家族に理不尽な要求をされて家から逃げてきた」という、それなりに本当でそれなりに嘘である説明をしたのだそうだ。

それに両親がいたく同情し、更に「娘も欲しかった」と思っていた母親のエンジンがかかってしまい、あれこれと可愛《かわい》らしい服を買いまくってきたのだという。

「着替えなんか、持ってこなかったので……ご厚意に甘えてるんですけど……似合わない、ですよね、これ」

顔を赤くしながらもそもそと言う満ちるに、彰は思わずくすっと笑った。

「やり過ぎだよ。本人の好みも聞かずに、自分の趣味であれこれ買ってきちゃってさ」

と、奥からご飯や豚汁と一緒に魚の煮付けを運んできた宏志が唇をとがらせて言った。

「今時の若い女の子と自分のセンスが合うと思ってんだぜ。どうかしてるよ、全く」

どかっと彰の向かいに腰をおろすと、なおも不満そうにそう言う宏志に、満ちるは悲しげに眉を曇らせる。

「……似合わないですか、やっぱり」

そしてそう小声で言うのに、宏志はいろを失って立ち上がった。

「いや！　いや、そうじゃなくて！　そういう意味じゃなくて、うちの親が図々しくて申し訳なかった、てことで、その」

その勢いに彰が度肝を抜かれていると、早口に言い訳していた宏志の声が一瞬途切れ、

「すごく、似合ってる」と小さく付け足す。

目の前で先刻の比ではなくみるみる満ちるの頬が赤く染まっていくのに、彰はあ、と思わず二人の顔を交互に見た。

これは……うん。これは全然、考えてもみなかったけど、すごくアリなんじゃゃ。

「うん、似合ってる。お姫様みたいだよ。すごく可愛い。なあ、可愛いよな、宏志？」

彰が勢い込んで言うと、満ちるはますます顔を赤らめてうつむき、宏志の顔にもさっと朱が走った。

「何……何、御堂、急に」

「可愛いだろ？　え、宏志、可愛くないって言うの」

「言ってないよ、そんなこと！」

声を高くして真顔で否定する宏志に、彰はこらえきれずに吹き出す。

「なっ……んだよ、お前」

更に顔を赤らめて、けれど何一つ言い返せずに、宏志はむすっとした顔つきでどすんと腰をおろした。

「もう、食わないんなら下げるぞ」

「食べる。食べるよ。ありがとう、いただきます」

両手をあわせて箸《はし》を持つ彰を、宏志はもう一度睨みつけて腕を組んだ。

食べ終わった後、食器の片付けを買って出た満ちるに後を任せて、宏志は彰を自分の部屋に招いた。

「……満ちるちゃんに聞いた、ゆうべ」

そしておもむろに切り出された言葉に、彰は何とも言えない複雑な思いを覚える。結局こうして、巻き込んでしまった。

「一階の居間に布団敷いて寝てもらってたんだけどさ。夜中に……つい、気になって、様子見に行ったら、布団にも入らないで膝抱えて泣いててさ。それで無理に、話させた。彼女は最後までお前との約束があるから話せない、て言ってたんだぜ」

「うん。判ってる、いいよ」

早口に満ちるをかばおうとする宏志に、彰はふっと笑ってみせた。目の前で宏志の顔があからさまにほっとするのに、また複雑な気持ちになる。

けれど宏志は打ち明けて安心したのか、緊張の解けた顔でぐっと身を乗り出してきた。

「でさ、俺、『パンドラ』申し込んだから」

そして続いた言葉に、彰は心底、度肝を抜かれる。

「え、えっ……ええっ？」

内心のもやもやも何も吹っ飛んで、座っていたベッドから軽く腰を浮かせて声を上げると、宏志はいつもの明るい表情でにやっと笑った。

「いいなあ。そこまで驚いてる顔、初めて見たかも」

「だっ……だって、宏志、なんで」

一体どこで何があったらそうなるんだ、彰の頭の中は大混乱に陥る。

「宮原ならともかく、美馬坂とお前の繋がりって、あの変なバイトだけだろ。それなのにそこまで深く関わってくってのは、お前がお人好《ひとよ》しだから、てだけじゃさすがに無理があると思って」

彰の驚愕《きょうがく》ぶりをさらっと流して、宏志は得意げに指を振った。

「つまりはあのバイトの中で相当、何かがあった、てことになる。で、その何かは、多分今も続いてる。でなきゃあんなに必死に、満ちるちゃんを隠す必要、ないからな。じゃ、あのバイトから今も続いてるものって何だ、てなったら……『パンドラ』だ、て思った」

彰はもう完全に言葉を失ったまま、すとん、と腰を落とした。

「入れる日が決まったら教えるから。だから……もしそれ以外に、俺に何か協力できることがあったら、何でも言ってくれ」

宏志はそこで言葉を切ると、ずい、と頭を突き出して下から彰を見る。

「お前は今、その『何か』を何とかする為に奔走してるんだろ？ それ、俺にも噛ませてくれよ。……十一月、頃からかなあ、お前、見るからに変わってきて……て言うか、元に戻ってきて。張りがある、て言うか、目的がある、みたいな」

宏志はすっと座り直すと、また生真面目《きまじめ》な表情に戻った。

「それが何なのかは知らないけど、でも、今こうやって美馬坂の問題に関わってるのは、そこからずっと、繋がったものなんじゃないか、って。切り替わらずにずっと来てる感じがするから。だとしたら……俺はそれが、上手くいってほしいよ」

彰の喉の奥に、腹の底から何かがせりあがってきて、ぐっと塞がる感覚がする。

「昔、俺が彼女にふられた時、ずっと横にいてくれたろ」

その彰の目の前で、宏志はちょっと照れた顔で笑って鼻の頭をかいた。

「何にも言わずに、ずっと隣にさ。あれ、すげえ有り難かった。……だから恩返しが、したいんだ」

彰は深くうつむいて一度深呼吸して、目の奥が熱くなるのをこらえる。

自分は早くに親を失った。それは大きな不運で、けれど……それがあったから、自分はあの高校に進んで宏志に出逢って、そして皐月に、出逢ったのだ。こんなに凄い、親友と、あれ程愛した、人生の伴侶《はんりょ》に。

——「彰」は「諦めない」の「アキラ」でしょ。

皐月のあの言葉が、焼き印のように心に刻み込まれているのを感じる。

あれ程辛かったことが、軸となって今の自分の人生を動かしている。

まだ、捨てなくていい。諦めなくて、いいんだ。多分。きっと。

彰は深く息を吸って、顔を上げた。

「——聞いてくれ、宏志」

宏志の家を出て、彰はいったん自分の家に戻った。研究所に自分のことが知られる前に、今日の内にいろいろと始末をしたいことがあったのだ。

郵便やメールのチェックをひと通りして——清美からの連絡はやはりなかった——少し考えてから、来週以降の『パンドラ』の予約をすべてキャンセルした。それから診察予約や食事やヨーグルトの宅配にもキャンセルの連絡を送って、ひと息つく。

皐月の両親宛《あて》には、ちょっと温泉にでも行ってのんびりしようと思う、食事の宅配をしばらく止めるが心配は要らない、という旨のメールを送っておいた。もし向こうが不審に思えば真っ先に連絡を取るのは宏志だろうから、彼ならきっと上手く口裏を合わせてくれるに違いない。

宏志にすべてを話した後に彰が一番恐れていたのは、自分がもともと『パンドラ』に行こうと思った真の理由、仮想の皐月に逢いたい、という願いについて触れられることだった。咎められるのも諭《さと》されるのも憐《あわ》れまれるのも、どれも嫌だった。

けれど宏志は、それには何にも言わなかった。

そして、そういう事情であるなら自分が今後、英一やシーニユと彰達の間を取りもてばいいんだな、と簡単に言った。

この期《ご》に及んで、まだそれを頼むことに躊躇《ちゅうちょ》があった彰はぐっと言葉に詰まったが、宏志はお構いなしに、にっと笑った。

「俺、その子に逢いたいよ。その、シーニユって子」

思わず「どうして」と聞くと、また歯を見せて笑う。

「お礼を言いたいんだ」

そしてそう一言だけ言って、すっと立ち上がった。

何の、とは結局聞けなかった。

彰は二日後、先輩医師の元に年始の挨拶に行くという磯田と、相手の家の最寄りのバス停で待ち合わせた。

そこから歩くこと数分、冬枯れた山をバックに、海から五百メートル程の、潮風と枯葉の匂いの混ざったすっきりと冷たい空気に満ちた静かな土地にその家はあった。

相手は何年か前に大病をして以来、しばらくは在宅で研究を続けていたそうなのだが、今はすっかりそこからも退いて療養生活を送っている。とはいえ研究所で名誉職的立場にあるのは現在も変わらないらしい。

それなら研究所から自分の話が伝わってしまっているのではないか、と彰は懸念したが、磯田は「もしそうだとしても、自分と御堂くんとの関係は誰も知る筈がないので相手方に先回りされるようなことはないと思う」と言った。彰のことは名前は言わずに「娘の友人を連れていく」とだけ伝えてあるらしい。

彰は緊張を抑えつつ磯田の後ろに立って、門柱のインターホンを押す彼の背を見つめる。

横には黒御影石《くろみかげいし》に白抜きで「神崎《かんざき》」と記された表札がかかっていた。

『――磯田様ですね。お待ちしておりました』

と、そこから年配の女性の声が流れてくる。

『どうぞ、お入りください』

言葉と共に、ぎい、と門柱の間の鉄扉が開いた。奥に見えるのは二階建てで、大谷石《おおやいし》の柱の間、奥まった玄関アプローチが重厚感を漂わせる、落ち着いた雰囲気の建物だ。

「奥様と、お二人暮らしで？」

玄関に向かいながら小声で聞くと、磯田は首を横に振った。

「高田澄子《たかたすみこ》さん、通いの家政婦さんです。神崎さんはずっと独身で、お独り暮らしで」

玄関の前に立つのとほぼ同時に、扉がすっと開いた。

「ようこそお越しくださいました。神崎様が中でお待ちです」

中には六十代後半くらいの小柄な女性が立っていて、こちらにぺこりと頭を下げてくる。

彰の家の五倍はありそうな石敷きの土間に恐る恐る足を踏み入れ、靴を脱いでスリッパを履くと、手を差し出す彼女にコートとマフラーを預けて後について奥へと進んだ。

廊下をしばらく歩いて行き止まりの扉を開けると、思ってもみない程の広い空間が目の前に広がった。

二十畳程のその洋間は二階まで吹き抜けになっていて、部屋の一番奥にはその壁の高さの七割程を占める巨大な窓があり、そこからさんさんと光が入っている。天井からは何本もの金属製の棒が下がっていて、先に鋭角の白いライトカバーがついている。窓の外には、冬の色褪《あ》せた緑の目立つ日本庭園が見える。あまり広くはないが、白砂の映える美しい庭だ。

大きな窓の前には機械の取り付けられた大きなベッドがあって、そこに老人がひとり、濃藍《こいあい》に極細の白い縦縞《たてじま》の入った浴衣をきっちりと着て横たわっていた。

彰の喉がごくりと鳴る。

「お見えになりました。……どうぞ、お座りください」

澄子に手で勧められ、入り口のすぐ横に置かれたソファに二人は並んで腰をおろした。

「お紅茶とコーヒー、どちらがよろしいですか」

と聞かれて、磯田が「では紅茶を」と言ったので彰もうなずく。

どうにも落ち着かずそわそわとあちこちを見回していると、奥から「ようこそ、磯田くん。あけましておめでとう。こんな姿ですまないが」と、低く威厳《いげん》のある声がした。

彰がはっと見ると、奥のベッドが低いモーター音と共にゆっくりと回転して、こちらへと近づいてくる。

同時にベッドの背が立ち上がって、相手は殆ど座っている姿勢になった。機械はちょうどベッドヘッドの位置をぐるりと取り囲んだ逆U字形をしていて、肘掛けのようにその両端が前に伸びている。

そこにすっぽりとおさまるかたちで、皺の多い、ふさふさとした白髪に厳つい顔つきをした、空恐ろしい程痩せた老人がいて、こちらをじっと見ていた。

「あけましておめでとうございます。神崎さん、お久しぶりです。おうかがいしていたよりお元気そうで何よりです」

磯田がすっと立ち上がってにこにことそう言って頭を下げるのに、彰も慌てて立ち上がって「初めまして、御堂です」と名乗りながら頭を下げる。

下げた頭を上げながら相手の顔を盗み見たが、その顔つきには何の変化もない。どうやら自分のことは話が届いてないと思っていいんじゃないか、彰はそう踏んだ。

「神崎さん、こちら御堂彰さん。娘の友人なんですが、彼ね、学生の時、あの仮想都市の実験に参加していたそうなんですよ」

「……ほう」

それまで特に彰に対しては注意を払っていなかった神崎の目が、「実験に参加していた」と聞いた途端にぐい、と動いてこちらを見た。その、痩せて落ちくぼんだ瞳の意外なまでの目力に彰はまた緊張する。

「御堂さん、こちら神崎正一郎《しょういちろう》さん。わたしの恩人です」

その目線の動きに全く頓着《とんちゃく》せずに、なおもにこにこと磯田は神崎を紹介してくれた。

「どうぞ、座って。……それで実験には、最後までご参加に？」

「あ、ええ、はい」

座りながらもうなずくと、相手はわずかに目を細めた。

「そう。それは良い。あの実験は、本当に重要なものだったから。あの時は日本中の説明会に出向いて研究の意義について語ったものだったが、本当に脱落者が多くてね」

神崎の言葉の後に軽いノックの音がして、澄子がお茶とクッキーを二人の前に置いた。神崎のベッドの肘掛けのように突き出した部分からすっと板が伸びてきて、彼女は慣れた手つきでその上にカップを置く。甘いものは食べないのか食べられないのか、クッキーは置かなかった。

「ありがとうございます。……あ、こちら、大体のものは召し上がれるとうかがったので、お蕎麦を」

「これはお気遣いどうも。スミさん、受け取っておいてください」

「はい。ありがとうございます」

磯田が差し出した手土産《てみやげ》を受け取ると、彼女は頭を下げて部屋を出ていった。

「わざわざすまなかったね。最近はもう年始の挨拶になんぞ来るのは君くらいだ」

「わたしはもう、ずいぶんと神崎さんにはお世話になりましたから」

目尻を下げてにこやかに笑って、磯田はお茶を口に含む。

「こんな年になってもまだ仕事がある、というのは神崎さんのおかげです」

「どうかね最近、『パンドラ』の方は」

ごくありきたりな訪問時の挨拶を彰が聞き流していると、急にその単語が耳に飛び込んできて、勝手に背筋がぴん、と伸びた。

「ここ何年か、うちにはとんと現状が来なくてね。まあこんなところで枯れ切るのを待つばかりの、口うるさい老人の意見など、もうあちらには必要ないということなんだろう」

特に卑屈さや自虐のいろのない、淡々とした口調で神崎は語って、お茶を一口飲む。

やはりこの人のところには自分のことは伝わっていないようだ、彰は改めてそう思い、内心で胸を撫でおろした。

「経営的にはすこぶる順調ですよ。キャンペーンが効きまして、体験者の数がうなぎのぼりです。最近はあちこちから取材もありましてね。……そうそう、彼ね、『パンドラ』も体験しているんですよ」

とん、と軽く磯田に背を叩かれて、彰は飲んでいたお茶を吹きそうになった。まさかこんな早い時点でこっちに話を振られるとは。

「ほう」

神崎は目を大きくして彰を見た。

「それは興味深い。どうですか、実験の時と比べて、今の仮想空間は」

「……比べものに、なりません」

軽く咳払《せきばら》いして喉の調子を整え、彰は答える。

「少しいるだけで、ここが現実ではないということを忘れます。その癖、現実では味わえない、どこか独特の雰囲気を感じます」

「面白い。……人工人格は、どうですか。実験の時には被験者が皆、人工人格をそれだと見抜けた。今の『パンドラ』の人工人格はどうです」

瘦せて皺の寄った額の下の目をきらきらとさせ、身をわずかに乗り出している神崎に彰は小さく息を吸った。

「自分には、区別ができません」

「ほう」と神崎がますます、大きく目を見張る。

「でも、人工人格にはやはりヒトとは異なる思考経路がある、ということは何人かの『パンドラ』の人工人格と接する内に判ってきました。ですがそれは、一概に悪いことともいえないように感じます」

「何故だね」

神崎はひどく機嫌の良さそうな様子で、本来メインの客である筈の磯田をおいて、すっかり体を彰の方へと向けている。

「そこは別に、ヒトと同じにならなくてもいいんじゃないか、と……判断の速さとか、決断に揺らぎのないところとか、なんと言うか、ある意味でヒトよりも信頼に値する、と思えることもあって」

教壇に立つ教師に指された生徒のような気持ちで言葉を選びながら答えていると、神崎の瞳に一瞬驚いたような光が走り、それからふうっと、満足げな笑みが浮いた。

「御堂くん、だったね。君はなかなか、面白いことを言う。君にそう思わせた人工人格は、どこのどんな子だね」

彰はと胸をつかれて、ついぱっと磯田の方を見た。磯田はまっすぐ神崎の方を向いたまま、わずかに青ざめた頰をしている。

彰はその横顔を見ながら、細く息を吸い、吐き出した。

「――神崎先生」

彰は一瞬で心を決めて、浅くソファに座り直して背筋を伸ばす。

「僕は磯田先生がおっしゃった通り、学生時代に実験に参加していました」

「うん」

「僕の大学は、咲浜《さきはま》大です」

英一と同じ大学名を口にしてひと呼吸置いたが、相手の表情に特に変化はない。

大学名は忘れてしまっているのかも、彰はそう思い更に言葉を続けた。

「仮想都市での実験で、同じ大学の学生に二度逢いました。……美馬坂英一くん、という経営学部の学生です」

胃の中にずしん、と鉄球のような重さがかかるのを感じながらその名を口にしたが、やはり相手の表情には毛筋一本程の変化もなかった。

……もしかして磯田先生の思い違いで、この人何も知らないんじゃないのか？

彰の心にじわりと汗のように焦りがにじむ。

「咲浜大からの参加者はたくさんいたね」

そしてあっさりと相手がそう言ってお茶を飲む姿に、彰はますますその思いを深めた。

ちらっと隣を見ると、磯田もわずかに不安げな目をこちらに向けてくる。

「実験で彼に逢った時、彼が言ったことを覚えています。……人工人格には『ブレ』がない、『無駄』というものがない、だから見抜けてしまうんだろう、と」

神崎は無言で、かちゃりと音を立ててカップを置いた。

胸の内に黒雲のように不安がわき上がるのを感じながらも、彰は言葉を続ける。

「じゃあどうやって人工人格に『無駄』を覚えさせればいいんだろう、そう聞いた僕に彼は言いました。感情を理解させればいいんじゃないか、と。ある意味それが、一番『無駄』なものだから、そう」

神崎の薄い胸がゆっくりと、心なしか少し大きく上下するのが浴衣を通してはっきりと見てとれる。

それを見つめながら、少しずつ心拍数が上がってくるのを感じつつ彰は独り言のように話し続けた。

「先日、彼の友人と偶然再会したことがきっかけで、彼の訃報《ふほう》を知りました」

その呟きを相手が全く口をはさむ様子もなく聞いているのに、彰はだんだんと、先刻まではとは逆の確信を深めていく。同時に、それでもやはり眉一本動かさない相手の精神力に内心で舌を巻いた。

「退学後すぐに、事故で亡くなったと。……とても、残念です」

彰は一度言葉を切ってから、やや強めにはっきりとそう発音する。

「彼は豊かな発想力と、ものにとらわれない自由な精神と、四方八方に向かう強い好奇心を持った、未来ある青年でした。彼がもしこの世にいたら、必ず様々な人の心を惹《ひ》きつける、とてつもないものをつくり出したと僕は思います」

彰はあえて、「生きていれば」ではなく「この世にいたら」という言葉を使う。

神崎はまた深い息をついて、ゆっくりと目を閉じてベッドの背にもたれた。

「僕はできることなら、彼をこの世に呼び戻したい。強く、そう思っています」

彰は逆に身を乗り出して、膝の上で両手を組んで強い口調でそう言い切る。

口をつぐむと、午後の光が斜めに射《さ》し込《こ》む室内に沈黙が満ちた。

神崎は目を閉じたままだ。

こうして改めて見ると、その体は本当に細く、枯枝のようだ。

静かな息の音が、やがて止まった。

「神崎さん……」

心配げに体を乗り出しかかった磯田を、細い手が上がって押しとどめる。

「――美馬坂、英一くん」

乾いた唇からその名がもれる。

神崎はゆっくりと目を開いた。

「懐かしい名前だ」

瞳が動いて、彰をとらえる。

「もうずいぶん長いこと、彼の声を聞いていない」

磯田がはっとした顔をして、神崎と彰を交互に見た。

「彼の発想力は卓越していた。彼と話をするのはいつも楽しくて良い刺激だった」

彰はごくりと息を呑んで、まじまじと神崎を見つめる。

「……彼が今どこにいるのか、君は知っているんだね」

その目を見返しながら、神崎はしずかに言った。

彰は息を止め、一度うなずく。

「そうか」

一言言うと、神崎はまた目を閉じた。

「それで、ここへ来たのだね」

「はい」

彰が声を高めて言うと、神崎は目を開け、軽く背筋を伸ばす。

「ならまずは、すべて聞かせてもらおう。何故それを、君が知るに至ったのか」

「――はい」

彰はうなずいて、軽く唇を湿らせ、話し始めた。


話の途中で一度澄子がお茶を取り替えに来たが、神崎は断った。

「……それで、君はわたしに、何を望んでいる」

経緯を話し終えた彰に、神崎はしずかに問う。

「まず知りたいのは、美馬坂くん達が外に出ることは今もできないのか、ということです」

慎重に話を切り出すと、神崎は首を横に振った。

「できない」

彰の心の中に、さあっと黒い幕がおりる。

「と、思う」

するとひと呼吸置いて相手がそう続けたのに、無意識の内にうつむきかけていた顔を彰ははっと上げた。

隣で磯田がわずかに目を大きくしてこちらを見る。

「わたしが大きな病気をして、在宅で仕事をするようになったのは五年程前のことだ。それからもすっかり手を引いたのが二年少し前。わたしはその間もずっと、仮想空間内での『眠り』について研究してきた」

二人は固唾《かたず》を呑んで神崎を見つめた。

「仮想空間で通常の生活が送れない、という問題は本来の目的の為には絶対に克服が必要だ。その為に我々は、脳が眠っても仮想空間との接続が断線しない方法を研究してきた」

「断線?」

神崎はうなずくと、説明を始める。

眠った後にログアウトできなくなるのは、眠っている間に脳と仮想空間との接続が途切れてしまうからではないか、と彼は考えた。

仮想空間に入った後の脳波は、レム睡眠時のそれに非常に似てくるのだという。そのせいか『パンドラ』でも「夢の中にいるようだ」という感想が多く聞かれる。だが仮想空間の中で本当に眠ってしまうと、いきなり深い睡眠時の脳波に切り替わるのだそうだ。

英一が話してくれた通り、最初に研究者達が仮想空間内での睡眠を試そうとした時には、原因不明のノイズが出てそれを阻《はば》んだ。

神崎が言うには、それは今思えば脳の本能的な防衛行動だったのではないか、深い睡眠状態に陥ることで、仮想空間との電気的な接続が断たれることが致命的な問題をもたらすと、脳には判ったのではないか、という。

原因を考えずにノイズをただ単に機械的に取り除いてしまった、あれはまさに致命的なミスだった、と神崎は語った。

「あの中での睡眠は、言うなれば夢の中で眠ることに等しい。そして接続が切れている、つまり現実世界との接触が断たれた状態で夢の中の眠りから覚めると、それが脳にとって『現実の目覚め』と認識されてしまってそれ以上目を覚ますことができない。彼等が陥ったのはそういう状況だと我々は考えている」

そこで神崎は、仮想空間内で眠っても接続が途切れない方法に合わせ、仮想内で起きている時の英一達の脳が「本当は今自分は眠っている」と認識できるようにする方法を研究してきたのだという。

「だがそもそもこれ等の原因が推測できるまでにまず時間がかかった。その間に彼等の脳はすっかり馴れてしまって、完全な仮想誤認が確立してしまった。それを揺り動かすのは簡単なことではない」

「二年前に、やめられたというのは……もうすっかり、諦めてしまわれたから、ということなのですか？」

説明を聞けば聞く程暗い気持ちになってくるのを止められないまま彰が尋ねると、神崎は一瞬口をつぐんで、首を小さく横に振った。

「それにはいろいろと事情があるが、その話は後回しだ。先刻君に言った『と、思う』という言葉には三つの意味がある。まず一つはわたしがやめた後に誰かがそれを完成させているかもしれないこと。そして二つ目は、当時のわたしの研究には様々な不備があって、もし再度同じ方法を試みれば成功する可能性もあること。それからもう一つは、君の話を聞いていて、また別の方法が思い浮かんだことだ」

「え？」

「当時、脳の認識を覆す為に行った方法は化学的なものや物理的なものがメインだった。電気的な刺激とか肉体への直接刺激とか、薬物の投与とか。精神的な方向としてカウンセリングや催眠術的な行為を試したこともあるが、どうやら効きそうにないのが彼等の態度を見ているだけで判ったので、そちらの方面はすぐに諦めた。だが今、君の話を聞いて思い至ったのだが、近親者と直接会わせるという方法を……考えてみたことが、なかったなと」

彰は思わず、磯田と顔を見合わせた。

「君と『パンドラ』内で出逢って、美馬坂くんは相当なショックを受けたのだろう。君と自分の歳のとり方の違い、無意識にずっと子供のままだと思っていた妹がすっかり成長していたこと。家族という存在が彼にとってそれ程精神に深く食い込んだもので、そこからこれだけの年数離れていたことを鑑《かんが》みれば、そういう方向から脳の仮想誤認を崩して認識の変換をうながせる可能性があるのでは、と」

神崎は軽く体を揺するようにして座り直すと、改めて彰を見た。

「彼は外に出るのが怖い、と言っていたそうだね」

「……はい」

彰はその言葉を発した時の英一の痛ましい姿を思い出し、胸が苦しくなる。

「そういう気持ちも、ブレーキになっているのかもしれない。認識したくない、目覚めたくない、そういう感情が脳の変容を止めている可能性がある」

彰は思わず、深く息を吸い込んだ。もしそうなら、それは本当に切なく痛ましい。

「君よりももっと近しい人達に仮想空間で彼と話をしてもらい、現実とずれてしまった認識の修正と、外に出たい、という強い欲求とを起こさせ、同時に今まで研究してきた脳への化学的な働きかけを行うことで新しい結果が得られるかもしれない。それは試すだけの価値がある手段だとわたしは思う」

神崎の言葉がそう続き、彰は胸の中にすっと曙光《しょこう》が射したような気持ちがした。

「だが、それは今の状況では、正直に言って難しい」

ところが神崎がそう首を振ったのを見て、また心臓が冷たくなるのを感じる。

「何故ですか」

「わたしは既に、研究から離れている。現場復帰が認められるとは考えにくい」

「……何故、ですか」

二度目の、同じ言葉の問いは磯田の口から出た。

確かに不思議だ、彰は胸の内で呟いた。健康状態的に無理なのなら、それは「現場復帰は不可能だ」という言い方になるだろう。でも「認められない」とは？

「神崎さんが現場に戻られるなら、歓迎こそすれ、認めないなんて訳が」

同じことを考えているのか、少し気色ばんだ様子で磯田は身を乗り出した。

「先刻も話した通り、わたしは二年前に研究から身を引いた」

なだめるような穏やかな顔つきで、神崎は磯田を見た。

「それは自分から言い出したことだが、同時に向こうから追い出されたとも言える」

磯田の細い目が大きくなる。

「そんな、一体、どうして」

神崎は一度大きく、肩を揺らすように深い呼吸をして、磯田の顔を真正面から見た。

「美馬坂くん達の事故があってしばらくして、ひとりが縊死《いし》した、それは聞いているかね」

「……岡田さん、という方ですか」

神崎のまなざしに射すくめられたように口をつぐんでしまった磯田の代わりに、彰が恐る恐る答えると、神崎は小さくうなずいた。

「その時わたしは、昼夜を徹してこのログアウト問題に取り組んでいた。何日も研究室に閉じこもって、横になって眠ることすら殆どなかった。現実での彼等や彼等の家族の問題についての処理は、すべて他の人間に任せていた。だから、……いや、言い訳だな」

すらすらと話していた言葉を不意におさめて、神崎は唇の端で小さく呟く。

彰はそれを、岡田を自殺に追い込んでしまったことへの悔恨だと取った。

「いや、でも……そこは神崎さんには、どうにもできなかったのでは」

同じことを磯田も思ったのか、歯切れが悪いながらもそう言い出すのを神崎は片手を上げて止める。

「そうじゃない。岡田くんは……わたしがいなければ、死ぬようなことにはならなかっただろう」

彰と磯田は、どちらからともなく顔を見合わせた。

神崎がまた、体を揺らして息を吸い込む。

「――岡田くんは、わたしの部下に殺された」

どうやら今の状況では全く外に出られる見込みがない、そうはっきりと判った時点で、岡田はひどく暴れた。

それについては、当然のことだが研究者達は甘んじて受けた。すべての責は自分達側にあるのだから。

今後とも努力は続ける、だがこの先、実験を続ける為にも協力をしてほしい。家族とも話し合って必要な金銭は支払うから、という研究者達の頼みを、岡田は鼻で笑った。自分の両親はそんな要求を呑む筈がない、そんなことの為に息子をこんな場所に閉じ込めることを認めたりなんかしない、と。

だが彼の期待を裏切って、彼の家族はその要求をあっさりと呑んだ。

それを伝えられた岡田は、やはり鼻で笑った。そんなのは自分をおとなしくさせる為の嘘だ、信じない、と。

やむなく彼等は、岡田の家族からの伝言を録音して、それを彼に聞かせた。もう頼むから勘弁してほしい、これ以上の面倒を自分達にかけないでほしい、今後一切の縁を切ってほしい、そう語る老親の声を。

それを聞かされた岡田は、数日間閉じこもって誰の言葉にも一切反応しなかった。

神崎は当時、これ等の様子を部下からの途切れ途切れの報告だけで聞いていた。最初に飛び降りた男性のようなことにならないよう、軽く注意だけはしたが、実際に岡田と面会したりはしなかった。この時、岡田は実験に協力することも完全に拒《こば》んでいたので、神崎はひたすら、英一と谷口を相手にログアウトの実験に取り組み続けていたのだ。

それからしばらく経って、神崎の元に岡田の縊死が知らされた。

さすがの神崎も呆然とし、それから激しく部下達を叱責《しっせき》した。二度とこんなことにならないように注意したのに一体何をしていたのか、何故つきっきりで動向を見張っていなかったのか。

部下達の説明では、岡田は数日して急に落ち着きを見せたそうで、研究者達と普通に会話もし、自分はもう大丈夫だから、明日から実験にも協力する、そう言われてすっかり安心してしまった、その晩のことだった、と聞かされた。

神崎は心底落胆したが、亡くなってしまったものを生き返らせることなどできる訳もなく、後の処理はすべて任せて再び実験に没頭した。

だが結局ログアウトはできないまま、年月が経過した。

そしてつい二年と少し前、神崎の元に一通の訃報が届く。

亡くなったのは神崎の下で長く働いていた井上《いのうえ》という部下だった。彼は、研究所に最も大きな寄付金と人材を投じている巨大なアミューズメント開発会社の代表取締役の三男で、研究者としての神崎に心酔し入所してきたという経緯があった。

彼の死因は原因不明の指定難病で、亡くなる一年程前から重症化していたらしい。両親はその莫大な資産をつぎ込んで治療に当たったが、当人はもうしばらく前から、自分の死を覚悟していたのだそうだ。

そして彼から、神崎に一通の手紙が遺《のこ》されていた。

そこに記されていたのは、あの日、井上が岡田を手にかけた、という告白だった。

家族からの伝言を聞かされた岡田が、しばらく閉じこもっていたのは本当だった。だがそこから出てきた彼は、落ち着いてなどいなかった。

彼は自分の体をかきむしって傷をつけて暴れ、研究者達がログインして直接なだめようとしたところ、彼等に襲いかかり危うく殺してしまう寸前までいったのだという。

殺気立つ研究者達に彼は言った。この実験を、めちゃくちゃにしてやる、と。美馬坂や谷口も自分の手で殺す、仮想人格にもすべてバラして破壊してやる。

だが当然、仮想の世界で彼を拘禁するのは簡単なことなのだ。だからそんなことは到底無理な話だ、莫迦《ばか》なことを考えるな、そう研究者達はなだめたらしい。

が、たとえ自分を閉じ込めても、美馬坂や谷口はその内、自分がいないことに気づくだろう。こんな状況になって、更にその中で何年も何年も自分が監禁され続けたとしたら、それを彼等がどう思うか。どんな手段を使っても、何年、何十年かかっても、自分はこの実験を壊してやる、そう岡田は彼等を怒鳴りつけた。

その姿を見て岡田を手にかけることを決めた、と井上の手紙にはあった。

手紙にいわく、神崎がこの研究にどれ程打ち込んでいるかを自分は誰よりも理解していた、絶対に邪魔させたくないし中止にも追い込みたくない、そう強く思い……現実の岡田の体に多量の違法薬物を投与して殺し、仮想の体を首吊り自殺に見せかけたのだと。

井上は最初、何もかも自分ひとりで始末をつけるつもりで、同僚達には「現実の肉体に鎮静剤を投与すれば、仮想の肉体も落ち着いて話しやすくなるのではないか」と言って多量の薬を打ち、「投与量を間違えた、上には知られないように自殺の偽装をはかる」と話を持ちかける予定だったそうだ。が、彼の真意を見抜いた仲間が、「それなら、いっそ本人が勝手に違法な薬物を過剰摂取して死んだことにして遺体の処理をしよう」と勧めて計画が完成されたらしい。

遺体を岡田のアパートに戻して、家族には「彼が安楽死を希望したのでこのような処置をした。警察には、自殺をほのめかしていたから来てみたら死んでいたと話してほしい」と依頼したところ、世話をかけました、と遺体を引き取りに行ってくれたそうだ。

「わたしを含め計画を知らない他の人間には、岡田くんは首を吊って、実際の肉体は心停止で亡くなったと知らされた。遺体は突然死として家族が引き取ってくれたと聞かされ、実家の状況は把握していたので何の疑問にも思わなかった」

「自殺じゃなかったと知って、どうして告発しなかったんですか」

彰は思わず声を上げた。きっかけはそもそも意図しない「事故」であった英一達の件より、その隠匿は遥かに罪深い。

神崎はそれまでなめらかに話し続けていた口を閉じ、目も閉じた。

それから深く、長い息をつく。

「……わたしはあの仮想空間に、長い年月、自分の理想と情熱を捧《ささ》げてきた」

磯田がためらいがちに何か言おうとした瞬間、目を閉じたまま神崎が呟く。

「わたしは結局、この歳まで独身ですごしてきたが、ある意味あれはわたしの伴侶、わたしの子供だ。告発することで、あの世界が、あの場所で生きているたくさんの人格達が……この世から抹消されるかもしれないと思うと、耐え難いと感じた」

そう語る神崎の声が本当に切実に聞こえて、彰は何とも言えない気分になった。その奥に垣間見える強い愛情やどうしようもない執着が、皐月を失った後、どうにかして彼女の幻想を捕まえようとしていた自分に通じるものがある気がして。

「だが知ってしまった以上、のうのうと研究所にとどまる訳にはいかない。それに……彼が罪を犯したことは、実のところ、当時の彼の同僚達だけでなく、彼の家族さえも当時から知っていたのだ」

彰は面食らって「えっ?」と声を上げた。

神崎は目の間の皮膚の皺をぐっと寄せて小さく息をつく。

「黙って……いられなかったのだそうだ。犯行からほんの数週間もしない内、彼は自分のしでかしたことを、父親と父の後継者である長男に打ち明けたのだ」

彰は思わず、磯田と顔を見合わせた。

「父親達はすぐさま事態の隠蔽をはかった。彼等は既にこの研究に大きな投資をしていて、将来的に充分それは回収できると見込んでいた。研究が中止になるのも、息子が殺人者になるのも困る」

それはまあそうだけど、と彰は胸の内で呟いた。理屈としては判る、判るが、しかし。

「打ち明けはしたものの、自分の行いで実験が中止になるのは嫌だ、と当人も、そして計画に参加した研究者達も思っていたので、彼等を黙らせておくことは簡単だった。更に父親は研究所の当時の上層部数人を集めて、息子達の犯行を打ち明けた上で、このことを公にしないでくれれば今後も相当の金を出す、と約束した。既に美馬坂くん達の事故を隠蔽することを決めていた彼等には、そう難しい話ではなかったようだ」

「いや、でも！　でも……事故で昏睡に陥っているのを世間に黙っているのと、人を殺したことを黙っているのとでは、全然話が違うじゃないですか！」

どうにも自分の気持ちの中だけにとどめておけず彰がそう声を上げると、神崎はふっと眉の間から力を抜いて、細めた目で彼を見た。

「そうだね。君の言う通りだ。だから……井上くんの犯行は、わたしにはずっと、隠されていたのだろう」

岡田の死を知った神崎が一番に始めたのは、感覚の遮断設定だったのだという。

既に実験で判っていた通り、当時は痛覚のみの遮断はできなかった。だから神崎は英一達二人に断って、しばらくの間、仮想の肉体のダメージを現実の肉体に伝えてしまう大きなキーである視覚と触覚を完全に落とすことにした。そして仮想と現実との感覚のチューニングをまず第一に取り組み始める。

だがそれは、事態を知った上層部としては頭を抱える状況だったのだ。

ログアウトできなくなった人間が四人いて、残りは二人。そしてその二人とも、今や法律上では「死人」だ。例えば仮想の中でナイフで刺して死に至らしめても、現実の肉体に刺し傷ができる訳ではなく、死因をある程度偽装できる。ならばこの先、多少の時間を空けて不審ではない状況をつくって、後の二人の仮想の肉体も死に追い込めないか。そうすれば何もかも綺麗さっぱり片がつく。

だが神崎が感覚の研究にかかりきりになり、最終的には痛覚のチューニングに成功した為に、その方法は難しくなった。

神崎の話を聞きながら、彰は以前英一と話した際に、何故研究所は彼を「処理」することで後始末をしようとしなかったのか、という疑問を抱いたことを思い出した。成程、この人のおかげだったのか。

「研究所の人間には、やはり自分達の最終の目標は脳の様々な問題の治療だ、という意識があった。だが井上くんの父親の方は、仮想空間を大規模なレジャー空間として儲《もう》けをはかるのが何より第一目的だったから、ログアウトの不備があろうがこの研究を縮小させる訳にはいかない。だから……研究者達の犯罪を黙っている代わりに、仮想空間の研究を継続させることが彼の要請だった」

神崎は薄い唇の端を横に伸ばして微笑《わら》った。

「皮肉なものだ、彼がそう研究者達に要請していなければ、わたしはあんな風に仮想空間の研究を続けていられなかったのだからね。わたしは何も知らずに、ひたすらより良い仮想空間の実現を目指して研究を続け、同時にログアウト問題を解決しようとそれに取り組み……だが、井上くんの手紙によって、それがずっと、阻害されていたことを知った」

ログアウトできなくなって約一年後、谷口が大動脈瘤破裂で亡くなったのは本当に偶然だった。岡田のことを知る所の人間は皆、内心で胸を撫でおろしたのだという。これで残るのは、後ひとりだと。

とはいえ英一はまだ本当に若く、何の持病もない。そして神崎は日々精力的にログアウト問題に取り組んでいて、いつ成果が出るかも判らない状況だ。

英一を目覚めさせてはならない、それが井上の父親と所の上層部が出した結論だった。今の状況が続く限り、この事態がほころびることはない。だが、万一ログアウトが可能になり、英一が外に出た場合に、状況がどう動き出すかは予想がつかない。彼の知的能力や好奇心の強さは今や皆が把握していた。もし外に出て、自分達が置かれていた状況について彼が疑問を抱いて動き出したら、何が明るみに出るか判らない。

父親や上層部は、暗に英一の肉体に与える栄養をコントロールして病《やまい》を発症させるよう井上達研究者に指示をしてきた。だがさすがに彼等は、それを頑として拒んだ。研究者としての倫理観もともかく、その頃には皆、英一のことを好きになっていたのだ。外には出られなくても、ある意味どんなことでも可能なこの仮想空間の中で好きなように暮らしてほしい、彼に関わった誰もがそう願っていた。

――そこで井上が申し出たのが、ログアウト実験の妨害だった。

使う薬剤や装置について、こっそりと手を加える。ただのビタミン剤にすりかえたり、コードをこっそり途中で別の機械に繋《つな》ぎ替え、偽《にせ》の数値を測定させたり。ログアウト実験は絶対に成功させない、だからその代わりに英一の命を縮めるようなことはやめてほしい。そう井上達は申し出て、彼の父親側はそれを受け入れたのだ。

「なんてことを……！」

今まで聞いたことのない悲痛な叫びを上げ、磯田は声をつまらせた。こめかみには細く筋が浮いて、目の端の肌が赤く染まっている。

彰の胸にも、灼けた鉄を押し当てられたような衝撃が走った。そんなことで……たかがそんなことで、彼は理不尽に、何の助けも与えられないまま、現実から隔絶《かくぜつ》されてあんな場所に閉じ込められていたと？

「わたしは……そう、すまない、本当にすまないことだと思うが、それを知った時、何もかもがどうでもよくなってしまった。長く信頼し、いつでも誰よりも真剣にわたしの考えに耳を傾け、身を粉《こ》にして協力し続けてくれていた彼が……ずっと、何よりも大事な研究を、邪魔し続けていたのだと知って」

それまでほぼ一定のリズムを保って言葉を綴《つづ》っていた神崎の声が、不意にバラバラと粒のようにばらけて細く小さくなってついには絶句した。

その姿に彰は、今しがた感じた熱さがすっと消え、肺をきつくはさまれたような息苦しさを覚えた。当時の神崎の苦悩の深さが、ありありと自分の胸に突き刺さるのを感じる。

「井上くんの手紙を読んで、わたしは当時のことを知るわずかな研究者と上層部を集めて問いただした。書いてあることはすべて本当だと彼等は認め、仮想空間の存続を願うなら美馬坂くんを目覚めさせないよう要求してきた。わたしは……この先も美馬坂くんの生命を健康に保ち続けることと、所に籍だけは残すことを条件に、研究から身を引いたのだ」

神崎は語り終えると、ベッドの背に痩せた体を沈めて目を閉じた。

彼の気持ちが彰には痛い程判った。けれど、だからといって引くことはできない。今の話を聞く限りでは、実験を再開できれば英一がログアウトできる可能性はかなり高まるのではないだろうか。それなら一刻も早く、この人に研究の一線に戻ってもらいたい。

とはいえ、やはり今の話の通りなら神崎が戻れる見込みはない。それどころか、彰のような全くの第三者がこの件を調べていると知られたら、英一の命すら危うい。それに正直、目の前にいる神崎の健康状態を見るに、到底研究に復帰できるとは思えない。

ささくれた木の釘《くぎ》で肌をこすられるような焦りを感じながら、彰は歯噛みした。

「――磯田くん」

と、目を閉じたまま、神崎が小さく名を呼んだ。

じっとうつむいていた磯田が、はじかれたように顔を上げる。

「君に、頼みがある」

磯田はわずかに唇を開いて、でも何も言葉を発することなくじっと神崎を見つめた。

「わたしは……研究に、戻りたい」

磯田の細い目がはりさけそうに大きく見開かれる。

「医者からわたしは、おそらく保《も》って後二年、どれだけ長くても三年は越えられないだろう、と言われている」

「そんな……！」

磯田はソファから腰を浮かせて、うわずった声を上げた。

「わたしの内臓の多くは、人工臓器に入れ替えられている。だがそれを支えるだけの体力も、劣化したものを交換する手術に耐える力も、今のこの体にはない。全身の血管を交換でもできればまた話は違うのだろうが……根幹となる肉体そのものの余力が、わたしにはもうないのだよ」

「神崎さん……」

磯田は声を震わせて、すとん、と力なく腰を落とす。

「わたしはもう一度、あの場所に戻りたい。あそこをかつて夢見ていた理想の場所に戻したい。そうしてもう一度あの仮想空間を、こころゆくまで研究し尽くしたい。……だが、今のままでは戻れない。向こうが受け入れないだろうし、岡田くんの件に関して、このまま誰も何の責任も取らないままで戻る訳にもいかない」

なら一体どうするんだ、疑問が彰の脳内に走った瞬間、神崎は言葉を続けた。

「だから君に、岡田くんの件、ひいては美馬坂くん達の実験事故の件を、世間に明らかにしてもらいたい」

すっ、と彰の口から息が音を立てて吸い込まれた。

隣で磯田も、驚いた顔で神崎を見つめている。

「たとえそれについてどれだけ多くの批判が出ようが、美馬坂くんの体がある限り、仮想空間そのものを閉鎖することはできない。彼を目覚めさせる為にこれまで行ってきた研究について、最も把握しているのはわたしだ。美馬坂くんや岡田くんの件について、わたしも何らかの罪に問われるかもしれないが、彼の覚醒の為にはわたしを研究に戻す以外、方法はあるまい」

そう言いながら、神崎は目を見開いて彰達をねめつけるように見た。

その、落ちくぼんだ瞳の中にぎらぎらとした光があるのに、彰は戦慄する。

「わたしが死んだ後に仮想空間が抹消されたとしても、そんなことは構わない。あと二年、できれば三年、今まで思考してきたすべてを、あそこにつぎ込みたいのだ」

ああ……そういう執着なのか、彰は内心で合点した。とにかく自分の知り得るところぎりぎりまで知り尽くしたい、やれる限界までやり尽くしたい。もしそれができなくなったのなら、その後はどうだっていい。

身勝手だけれど、いや、身勝手だからこそ切実な願いなのだろう。

「神崎さん」

磯田が細い目尻を下げて、今にも泣き出しそうな顔で神崎に声をかける。

「……すまない。君の言いたいことは判っている」

異様なまでの目の輝きを少し和らげて、神崎は磯田を見た。

「だがもう時間がない。だから君や、あと何人か……信頼できそうな研究者達に、それ以外のことを頼みたい。わたしは自分の研究に没頭したい。今言った通り、それは三年未満で終わるだろう。その間に……君や他の研究者達で、あの場所を守ってもらいたい」

わずかにうつむきがちになっていた磯田の顔が、ぱっと上がる。

「君にも判っている通り、仮想空間には脳や精神的な問題に大きくアプローチできる可能性がある。無論、レジャー施設としても優秀だ。三年の間に、それ等を……仮想空間の日常社会へのメリットと、本来の目的である脳や精神の治療への貢献を強くアピールし、わたしの死後や美馬坂くんが仮想空間から脱出できた後も、あの場所が抹消されないよう努めてほしい。それが、磯田くん、わたしが君に望むことだ」

磯田は下唇を噛んで、何も言わずにただじっと神崎を見つめる。

「去年の秋に医者に宣告を受けてから、わたしは研究に戻る方法を考えていた。君が年始に来ると聞いて、研究所の現状をある程度聞き出した上で、君を含め、誰に岡田くんのことを打ち明けるか決めようと思っていた。——そこに君が、御堂くんを連れてきた」

磯田がはっとしたように、どこか絶望的なまなざしを彰に向けた。

彰はそれを受け止めきれずに、そっと目をそらす。

「これは天命だ、そう思ったよ」

神崎は小さく息をつくと、すっかり体力を使い果たした様子でベッドの背に深く体を沈ませる。

「君がわたしに、それを授けに来たんだ、磯田くん」

すっかり傾いた冬の赤い陽光に照らされて、磯田の頰に涙が光るのを彰は見た。

ヒトは揺らぐ

彰がホテルに寝泊まりしていると知った神崎は、自分の家に滞在するよう勧めてきた。少し躊躇したが、確かにどこで誰に見られるか判らない街中にいるよりもここですごす方が安全だと思い、彰はその提案を受けることにした。

英一に今の自分の状況を伝えることができるのか、と問う神崎に、彰は宏志の話をした。現状に合わせ、何か伝えたいことがあれば彼に託しますので、と。

それを聞いた神崎は、しばらく黙って考え込むと口を開く。

「その彼は、信用のおける相手かね」

「勿論です」

彰は間髪をいれず即答する。考えるまでもない問いだった。

「秘密は守れる。健康的にも問題はない。……だったら、考えがある」

神崎はやおら背筋を伸ばしながら体を動かして座り直す。

「今後の展開を考えて、あちらとの意思疎通はもっとダイレクトでスピーディなものにしたい。つまりは彼ではなく、君に直接、美馬坂くんと接触してもらいたい」

「え、でも……僕が美馬坂くんのことを調べてる、ていうのは、おそらくもう相手方に知られてしまっているんですが」

とまどいながらそう答えつつ、彰は磯田と顔を見合わせた。今更自分が、のこのこと『パンドラ』に入ることなど無理だろう。

「判っている。わたしが考えているのは、その青年と君とで、一緒に『パンドラ』に入る、という方法だ」

神崎は枝のように筋張った手を伸ばして、肘掛け部分にあたる機械の何かを操作する。

どこかで静かなモーター音がした。

「正確に言うと、肉体としては、その彼にログインしてもらう」

音の方向に彰が顔を巡らすと、入ってきた側と逆の壁にあった大きな扉が、ゆっくりと観音開きに開いていく。

「あれは……」

磯田が口の奥で呟いて立ち上がった。

彰もつられて立ち上がり、ソファから数歩歩いて扉の前に近づき、目を見張る。

「そしてそれと同時に君がここからログインして、『パンドラ』内の彼の仮想人格の脳に宿る」

　そこには見慣れた、あの白い繭のようなカプセルが置かれていた。

　神崎が言うには、その機械は機能としては今のマシンと殆ど変わらないものらしい。健康上の問題で自宅での仕事を始めた時に研究所側が設置したもので、仮想都市、ひいては『パンドラ』への専用の回線も引かれたままなのだそうだ。

「わたしが研究をやめた頃に、『パンドラ』用に量産タイプのマシンに切り替えることになり、このタイプはお払い箱になった。本来は専用線と合わせて所が回収していくべきものなんだが、記念に、と無理を言ってそのままもらい受けた。こんな体では仮想空間に接続することも、マシンや利用者のセッティングをするのもどうせ不可能だから、向こうは滅びる者のノスタルジーと思ったのか、最後には了承してくれたよ」

　彰の手を借りてお茶のカップをテーブルにおろすと、神崎はベッドのままカプセルの傍らに移動して、優しげな手つきでその蓋《ふた》を撫ぜた。

「いつか必ず研究に戻る、その為に手元に置き続けた。……正しかったよ」

「あの……僕が彼の仮想人格に宿る、というのは、どういう」

　その表面のチリ一つない美しさ、光を浴びてラメが入ったようにきらきらと光る輝きに、彰はちくりと胸が痛む。使うあてもないまま、それでもきちんと磨《みが》かれ続けた、その純白さに。

「美馬坂くんが喫茶店のマスターの人格の殻を利用して『パンドラ』にやってきた、あれと似たようなものだね。君の友人がログインするのと完全に同期して君が入る。研究所側から見たら接続しているのはその友人だが、実際に脳を支配して、体を動かすのは君、ということになる。まさに『猫かぶり』だね」

「そんなことができるんですか」

「やってみたことはない、というよりやってみようとも思わなかったが、機能上は可能だし難しいことでもない。切り替えの為のスイッチはこれからつくる。できあがったらその友人に送ってほしい」

神崎は両手を動かして何かをつくるような仕草《しぐさ》をし、軽く口を開けて奥歯を指さす。

「こう、口の中に入れて歯にセットできるような物をつくる。アクセス日と時間が決まったら事前に知らせてもらって、その時間に御堂くんがここのカプセルに入る。友人がアクセスする瞬間にそのスイッチを入れてもらって、脳の接続先のみをこちらに切り替える」

「その間、宏志の方はどうなるんですか」

「どうも。つまりは真っ暗な中で四時間、ぼーっと浮いていてもらうことになる。別に眠っていても構わない。脳への接続は切られているからね。肉体へのフィードバックは彼の側に入るから、突然手足に圧がかかったりして驚いたりはするかもしれないが、特段の害はない」

彰はほっとして、改めてカプセルを見た。無為な時間をすごさせるのは申し訳ないが、肉体的に問題が出ないのならまだ頼みやすい。

そしてじんわりと胸の内に安堵《あんど》が広がるのを感じた。ああ、これで美馬坂くんやシーニユにも、またすぐに会えるのか。

「磯田くんやその友人との連絡には、うちの電話や携端を使ってくれていい。新しくアドレスをつくって構わないから、好きに使いなさい」

「判りました」

うなずく彰に、神崎はうなずき返して、ベッドをゆっくりと動かして元の部屋へと戻っていく。

全員で夕食を取った後、磯田は彰をおいて帰っていった。

彰は神崎の言葉に甘えて、神崎の携端から宏志に連絡を入れる。

「……そういうことだから、そっちから何かあったら、ここに連絡入れて。新しいアドレス、送っておくから」

画面の中で、宏志がうなずく。

『「パンドラ」の健康診断、明後日《あさって》になったよ。これが通ったら、その先生のスイッチが届く頃合いで予約を取ればいいんだな?』

「うん。無理ばっかり頼んで悪いけど」

『いいって。まあ、自分がナマで体験できない、てのはちょっと残念だけど』

「ひと通り話がついたら多分時間が空くから、その間にでも行ってみてよ。ほんと、すごいんだ」

『ん。俺どっちかっていうと、スカイゾーンに行ってみたいよ』

「ああ、そういや結局、よそには全然行かなかったな……」

宏志の言葉に、ちょっともったいないことをした気分になって、彰はふっと微笑《わら》った。

すべてが済んだらそんな時間を取ることができるだろうか。

「満ちるちゃんの様子はどう？」

『うん、まあ、表面的には明るくふるまってる。店を閉めた後に片付けとか仕込みとか、あれこれ手伝ってくれてさ。旅館で仕込まれてるだけあって、すごく頼りになるよ』

宏志の声のトーンがぱっと上がったのに、彰の唇の端に笑みが浮いた。どうにも気分が沈むことばかりの中、この二人の仲がもしかするともしかするかも、という話は彰の心にちらっと明るさをもたらしてくれる。

「宏志が傍にいてくれるなら、何も心配ないよ。これからも頼んだ。……じゃ、おやすみ」

画面を切ると部屋がしん、と暗く静まり返って、彰はふう、と息をついた。

周囲のしずけさに、今日一日いろいろあって高ぶっていた心がすうっと落ちてくる。

ふっと窓を見ると、外は自分の家では有り得ない完全な暗闇で、その中にも木陰《こかげ》と夜空とで濃淡がついているのが判る。

ちかちかとたくさんの星が光っているのを、彰は驚嘆の思いで見つめた。肉眼でこんなにたくさんの星が見えるなんて、凄いことだ。

彰は窓辺に近寄り、こん、と軽く額をガラスに当てる。

ひんやりとした感触が、奇妙に心地よい。

……こんなところまで、来てしまった。

くろぐろとした山の稜線《りょうせん》を見ながら、彰は内心で呟く。

ほんの数ヵ月前までは、自分がこんなことに巻き込まれて、こんな場所ですごすことになるなんて、想像もできなかった。

あの夏の日から、自分はこんなところまで来てしまったのに。

「……皐月」

小さく声に出すと、ガラスが一瞬、ぼんやりと曇った。

数日してできあがったスイッチを、彰は宏志に送った。

入れ替わりに向こうから、「五日後の十五時に体験が決まった」という連絡が来る。

スイッチは奥歯にすぽっとかぶせる白い樹脂の中に仕込まれていて、それを三回、かちかち、と素早く噛むことで作動し、ログアウトと同時に切断される。神崎の説明通り、肉体への直接的なフィードバックは宏志の方に入るので、実際に『パンドラ』内で活動する彰の方は今までとは違う、あちこちの感覚がない奇妙な状況になるらしい。

接続当日、神崎はベッドから小型の車椅子に乗り換えて、磯田と彰に手伝わせながらも殆ど自らの手であれこれとセッティングを行った。

その姿を見ながら、彰は家事を手伝う際に澄子がもらしていた、「御堂さんが来てくださってから、先生は見違えるように元気になりました」という言葉を思い出していた。神崎はもともとあまり食事に興味がないそうで、最近はめっきり食べる量も減って心配していたが、今はずいぶんと食欲も回復して肌のツヤから違う、と。

確かに彰の目から見ても、初対面の時に感じた枯枝のような印象は大分薄らいで、はっきりと生気が感じられた。

このまま回復して多少の手術が受けられるようになれば、「保って三年」をもっと延ばすことができるんじゃないか、そんな期待をちらりと抱く。

準備を整えた彰は大きくうなずき、中へと入った。

いつもと同じように、暗闇からさっと一瞬で視界が変わった。

彰は瞬きしながら、ぐるりとあちこちを見回す。

もうすっかり馴染《なじ》みとなった広場だ。今はちらちらと、小雪が舞っている。

手の平を見てみると、大きなその手が自分のものとまるで違うのに面食らった。

……そうか、当たり前か、自分の手じゃないんだから。

そう思いながらも、男と女、大人と子供のようにはっきりと異なる見た目ならともかく、同年齢で多少自分より背が高い程度の体格の人の手が、一目で判る程に自分のそれとは違う、ということに改めて感心した。指のかたちも長さも、おそらく包丁タコらしき硬い部分も、何もかもが違う。

「羽柴宏志様」

と、突然後ろからそう声をかけられて、彰はびくりと肩を震わせた。

ゆっくり振り返って、もう一度びくりとする。

「突然お声かけして申し訳ありません」

目の前の相手は、そう言って上品に頭を下げた。

――ヨシナダ。

その名を思い出しながら、彰は心臓がどきどき波打っているのを感じる。

「本日は『パンドラ』の初めてのご利用、まことにありがとうございます」

その様子を初めての体験者の緊張、と受け取ってくれているのか、ヨシナダは微笑んでそう言うと、彰が初回の時に聞いたのと同じ説明を始めた。

すべて説明し終えると、「では、『パンドラ』ナイトゾーンをお楽しみくださいませ」とお辞儀をして、くるりと身を翻す。

その背中に思わず、「あ」と声が出た。

「何か？」

すかさず向き直った相手に、彰はまだ少し緊張を残しながら声をかけた。

「いえ、あの……あの、ヨシナダさんは、人間……なんでしょうか」

くすんだ赤色の唇が、きゅうっと吊り上がる。

「すべてのお客様が、同じ質問をなさいます」

そしてやはり前に聞いたのと全く同じ言葉が返ってきた。

そう、だから自分も、同じ質問をしたのだ。すべての初体験の客が、尋ねる問いだから。

「私はこの『パンドラ』の為に開発された人工人格です。『パンドラ』には、それぞれのゾーンごとに少なくとも四桁《けた》の人工人格が存在し、お客様のサポートを全力で務めております。──どうぞ、ご存分にお楽しみを」

そして聞き覚えのあるくっきりとした口調でそう言って、優雅に頭を下げて去っていく姿を、彰はほっと息をつきながら見送った。


歩き出してすぐに、奇妙な感覚に気がついた。

自分がこの足を動かしているんだ、という自覚はある。だが、靴で地面を踏んでいる感触はよく判らない。

あまり不自然な動きで目立たないよう気をつけつつ、彰はいろいろと試してみた。手で服や髪を触っても、指先にその感触は伝わってこない。が、手を動かしている、という自覚はある。また、触っている、その指先が見えているのといないのとでは感覚が違う、と思えた。視界の外だと本当に無感覚で、でも見えていると何となく触っているような気になってくる。

神崎の説明からして、本当は見えていようがいまいが無感覚なのが正しいのだろうが、いつか磯田が言っていたように「見えている」というのは人間の知覚に大きく影響するのだな、と感心した。脳というのは本当にずいぶんあっさり騙《だま》されるものだ。

いきなりまっすぐ『Café Grenze』に向かうのは目立つ気がして、彰はとりあえず服を着替えて、カジノに立ち寄った。遊び方を教わって何回かスロットを試してみて、小さな勝ちと負けを繰り返してから店を出る。

今度はちゃんと元の服に着替え直して、途中の店で軽く飲みながらダーツをして——飲んでも何の味もないどころか、液体が口の中にあることすら判らなかったが——そこから散歩を楽しんでいるふりをしてわざと遠回りをして、『Café Grenze』を目指す。

いくつもの角を曲がって道の先に赤茶色の丸い看板と、窓からわずかにもれるオレンジ色の灯りに、彰は脱力にも似た、心底ほっとする感覚を味わった。ようやく家に帰り着いた、そんな気分になる。自宅にも帰れない今、その感覚は本当にしみじみと心にしみた。

扉の前に立つと一度深呼吸して、ぎい、と手の平でそれを押し開く。

「いらっしゃいませ」

すぐさま、カウンターの中からマスターの声が飛んできた。

当たり前のことだが、宏志の姿をしている彰を見ても、相手には特段の反応はない。

彰は全身を店の中に入れて、奥の席を見た。

――いた。

最初に会った時と同じ席に、同じように座って、彼女は文庫本を読んでいる。

「こんばんは」

入り口に立ってそう声を出すと、彼女はちらり、とこちらに目だけを上げた。

一瞬で目線を落として、また本のページをめくる。

――その指が、ふっと止まった。

シーニユは今度は顔を上げ、まっすぐに彰を見つめる。

彰は息を呑んで、その場に立ち尽くした。

「どうぞ、お好きな席に……」

グラスに氷と水を入れながらそう言いかけたマスターが、そこに漂うただならぬ雰囲気に気づいたのか、ふっと言葉を止め、二人を交互に見た。

シーニユは瞬き一つせず、じっと彰を見つめている。

彰の全身に、じっとりと汗がにじんだ。

ややあって、かたん、と音を立てて椅子を引き、シーニユが立ち上がった。

そしてまっすぐ、彰の前に歩み寄る。

下から覗き込むようにしてまじまじと顔を見、まるで匂いをかぐように、一度すうっ、と音を立てて呼吸して、背筋をすっと伸ばすと正面から彰を見据えた。

薄い唇が開く。

「――御堂さん、ですね？」

彰の胸の内に、ここ半年近く味わったことのない、言葉にできない、幸福に近いような、何とも言えない温かみがどっと満ちあふれた。

「……ありがとう」

その気持ちをどう言葉にするべきか彰は数秒悩んで、でも他に何の言葉も見つけられずにそれだけを口にする。

視界の端に、細い目をぱちくりさせているマスターの顔が見える。

シーニユはほんのわずかに眉根を寄せた。

「お礼をいただくような覚えがありませんが」

「俺にはあるよ」

もう何度目か、いつかと同じやりとりに、思わず彰はくすっと笑みをもらした。

すると目の前で、シーニユの顔がほんのわずかに、けれど劇的に変わった。

一ミリもない程、目尻と眉の端が下がって、少しだけ目が細まる。

ごく小さく頰が動いて、閉じられた薄桃色の唇の端の端だけが、つついた程度につん、と上向いた。

顔の動きはたったそれだけ、けれどそれだけで表情そのものが大きく変わった。

そこから発せられる柔らかな光のような、それは疑いようもない「微笑み」だった。

彰の胸が大きく打たれる。

「では、遠慮せずに頂戴《ちょうだい》することにします」

そしていつもと同じ淡々とした、けれどほんの四分の一音程高いトーンでそう言うと、彼女は小さく頭を下げた。

彰がとりあえず今の状況の説明をしようとすると、彼女はそれを、片手を上げて止める。

「美馬坂さんを呼びます」

「えっ？」

驚く彰を尻目に、彼女はさっと身を翻して店のカウンターの中に入っていった。

「説明は一度で済ませた方がロスが少なくすみますから」

「いや、でも、どうやって」

「マスター、すみませんが」

尋ねる彰に答えず、シーニユがマスターにそう声をかけると、彼は心得顔でうなずいてカウンターから出てきて、先刻まで彼女が座っていた椅子に腰掛ける。

そして彰の方を見上げて、かすかに微笑んだ。

「どうか、あの子を頼みます」

彰がとまどって何も言えずにいると、シーニユがカウンターの中、店の一番奥の壁に取り付けられたデルビル電話機の前に立った。

それはいかにもこの店に似合ったアンティークぶりで、でも前には確かにこんなものはなかったのに、と彰は思った。初日にカウンターの奥の壁に扉も何もないのを見て、がっかりした覚えがあるのだから。

「先日、美馬坂さんが作ってくれました。ホットラインだと」

振り返らずにシーニユは短く言って、ラッパの先に似た形の受話器を取り上げ片耳に当てると、電話機の側面についたハンドルをくるくると回した。

「――シーニユです」

彰が目を丸くして見守っていると、彼女は少し頭を傾けて電話機の正面についた丸い送話器の部分に口元を寄せ、そう話し始める。

「今こちらに、御堂さんがいらしてます。……ええ、そうです。こちらの準備はできていますので、可能ならすぐにおいでください。……はい、お願いします」

てきぱきと言い終えると、かちん、と受話器を戻す。

すると突然、がくり、とマスターの首が折れたように前のめりに曲がった。

彰が思わずびくっとした次の瞬間、バネ仕掛けのようにその首が起き上がる。

そしてぱちぱち、と二、三度大きな瞬きをした。

「……え？」

髭の口元から小さく声を上げながらきょろきょろと店内を見回して、店の真ん中に立っている宏志の姿を見て細い目をまん丸にする。それから助けを求めるように首を巡らし、カウンターの中の彼女を見やった。

「シーニユ、この人だれ……え、ええっ？」

尋ねかけた途中でぴんときたのか、すっとんきょうな声で英一はまた宏志の姿の彰を見た。

その様子が可笑しくて、彰はぷっと吹き出してしまう。

「ええ……え、まさか、御堂くん？」

「当たり」

半信半疑な様子で聞くのに、更に可笑しくなって彰はおどけて答えた。

「えー……また一体どうして、そんな格好で。てか、その人誰？」

「こないだ言ってた、僕の親友。満ちるちゃんを預かってくれてる」

「ああ……」

小さくうなずきながら、英一は立ち上がって歩み寄ってきた。

「でも、どうやって？」

しげしげと宏志の体を眺めながら、興味津々といった声でそう尋ねる。

「君と同じ。猫かぶってるんだ。……説明するよ」

彰はそう言うと、カウンターの中のシーニユを手招いた。

——神崎から聞いたすべての話を語り終えると、英一は呆然とした様子で、珍しく五分は沈黙していた。

彰はそれを、どうにも痛ましい思いで見つめる。

もしかしたら、もっとずっと前に、出られていたかもしれないのに……数々の人の身勝手な思惑が、彼をここに、ひとりぼっちで閉じ込めていたのだ。

英一は肩でゆっくりと呼吸すると、目を上げた。

「……神崎さんは、戻ってこられるの」

しずかな声で尋ねられて、彰は軽く顎を引く。

「うん……本人は、何としてでも戻る、て言ってる。その為に告発するんだ、って」

「そう」

短く答えると、英一は背中を斜めにして椅子にもたれた。天井に目を向けると、かすかに、本当にかすかに、マスターの髭の下の唇の端に笑みが刻まれる。

彰はそれを、信じ難い思いで見つめた。——胸の内に、ふつりと何かの泡《あわ》がわく。

「僕さ、神崎さん、好きなんだよね。ああいうむちゃくちゃな人って、ほんと好き。もし本当に現場に戻れたら、きっとあのひと、あと十年や二十年は長生きするよ」

しみじみとしたその声には、どこにも憎しみや恨みが見当たらない。

その姿に更に胸が灼け、腰から首の付け根まで熱い針が突き刺さるような感覚が走った。

「……怒っていいよ」

「えっ？」

彰の唇から低い呟きが転がり落ちたのに、英一は聞き取れなかったのか身を乗り出す。

「美馬坂くん、怒っていいんだよ。だって、そんなの……あんまりじゃないか」

ぼそぼそと続けると、神崎からこの話を聞いた時に胸をめぐった熱さが体の中心にごぼりと沸き立った。

それは「怒り」だった。

「そりゃ、最初は事故で、研究所側のせいじゃない。けどその後、実験を妨害してたのは……そんなのは明らかに、故意で、悪意じゃないか。そんなこと、そんな風に受け入れなくたっていいんだよ。怒っていいんだよ、美馬坂くんは」

「うん……そうかも。でももういいんだ。今更そこは、仕方がないよ」

英一はマスターの温和な顔つきでなだめるように微笑《わら》った。

その顔つきに、彰の喉の奥が更にカッと苦く灼けついて、一瞬で血が逆流する。

「──仕方がないなんて、そんな訳ない！」

バネのように勝手に手が動いて、どん、とテーブルを叩くと、英一は驚いた目で彰を見た。その隣でシーニユは何も言わずに、ただじっと彰を見つめている。

「だって、そうだろ？　こんなのあんまり理不尽だ。美馬坂くんも満ちるちゃんも、ずっと奪われたまま辛い思いをして……そんな風に誰かの大事なものを奪い取るなんて、誰にも許されることじゃない。そんな権利は誰にもない！」

もうどうにも止められずに、彰はひたすら声を荒らげた。

「あんなひどいことを仕方がなかっただなんて言わなくていい。だって、おかしいよ。そんな連中の為に、どうして君達がこんな辛い思いをしなくちゃならない？　あいつ等さえいなければ、人の人生を踏みにじって何とも思わないような、そんなヤツ等さえいなければ、俺は、」

まくし立てていた彰の言葉が、ふつりと切れた。

荒い息を吐き出しながら目を落とすと、テーブルの上に置いた両拳が白くなる程きつく握りしめられ、細かく震えている。

両目の奥がぐっと引っ張られたようにきしんで、その眺めがぶわりと膨らんで歪んだ。

——あいつ等さえ、いなければ。

ああ、そうだ……これは、自分だ。この怒りは、この苦しみは、この痛みは、この憎しみは、全部自分のものなんだ。突然に理不尽に大事なものを奪われた、自分自身の。

耳の裏からごうごうと自分の息の音が聞こえて、テーブルと拳の上にぽたぽたと雫《しずく》が落ちる。

「……御堂くん」

向かいで英一の声がして、肩の上にその手がのるのを感じた。

「……どうして……」

うつむいたままの声はがさがさとしゃがれて、彰は鼻に流れてきた涙をすすりあげる。

「どうして、許せるの、そんな風に……俺は駄目だ、俺は……許せない」

英一がかすかに息をもらす音がして、その手が彰の拳の上に移った。

ゆっくり顔を上げると、瞬きもせずに自分を見つめているシーニュの瞳に気がつく。

「……人間が皆、人工人格だったら良かったのに」

その目に憑《つ》かれたようにそんな言葉が口からこぼれた。

ああ、そうか……もしもヒトが人工人格のようにものを考え、ふるまえるようになれば、皐月の事故も英一の実験の妨害も、起きずに済んだろう。

それはきっと、理想郷だ。思考が最短ルートで理想の結果に接続し、そこから決して他の方向にはブレない世界。すべてがスムーズで、摩擦や軋轢《あつれき》の一切ない世界。

きっとその世界では、トロッコ問題に迷うような人はいない。そこでの結論は自分には判らないが、すべての人が問いを聞いた瞬間に、完全に同一の回答をするのだろう。

——考えるのは考えるよ。とことんね。

今はもう遠い昔、自分が本当にまだ若かった頃に英一から聞いた言葉が、彰の中に甦る。

そして同時に、ずきりと胸が痛んだ。

すべてのヒトが人工人格のように判断ができる、皐月の事故が起きない世界。

それは自分には素晴らしいことだ。他のどんなものと引き換えにしても、皐月が生きて隣にいる、それが自分にとっての正解だ。

だがそういう世界で、果たして自分と彼女は、あんなに深く、結びついただろうか？

ヒトは愚かで、遠回りばかりして、間違った方ばかりを選んで……けれどそういう揺らぎの中にこそ、自分と彼女の間に間違いなく存在した、あの輝きが宿ったのではないか？

自分がもしも、効率のみを意識して最短距離で物事を考える人間だったら、あの日皐月を茶太《ちゃた》の元に連れていこうなんて思わなかっただろう。そしてあの火事の日も、本人が無事なのだから自分が駆けつける必要などない、と行きもしなかったろう。

時に下らなく下賤《げせん》で最低な結果を世界にもたらすヒトの思考、だがもしもそれをすべて真っ平らに、一直線にしたなら、その逆側のものもすべてが消え去ってしまうのではないだろうか？

それは確かに「能力」であり、振れる方向が真逆なだけなのだ、多分。

そう思いながら、胸の奥が苦しい。

何故なら自分には「仕方がない」とは言えないから。それはまるで、自分が皐月の事故を肯定している気がするから。「ヒトはそういう生き物なんだから仕方ないじゃないか」と言っているのと同じ気がするから。

だけどそんな訳がない。仕方がなかった、そんな筈はない。

彼女の命が失われた、それが仕方がないことだった筈がない。

彰の脳裏に、事故の直後に少しだけニュースで見たきりの、今までずっと思い浮かべもしなかった、運転手と同乗者の顔と名前がくっきりと浮かんだ。

彰はそれを、初めて腹の底、はらわたの一番奥のところから憎んだ。

全部消えてしまえばいいのだ。ヒトの愚かさなど。皐月の命を奪った、英一や満ちるから幸福を奪った、あんな下劣な連中など。ああいう下らないものを可能な限り排除して構築された『パンドラ』、世界はああいう風になるべきなのだ。ヒトは人工人格のようでいい。いや、いっそヒトなどいなくてもいい。

またうつむいて息を吸うと、胸の中で風のようにごうごうと音が鳴った。

やけになってる。判ってる、そんなこと。すべてのヒトが人工人格のようになるなんてどう考えてもおかしい、そんなこと理性では判ってる。

なのにそう言い切ってしまうのが辛い。皐月や英一達の犠牲の上に「ヒトの揺らぎ」を肯定したくはない。彼女の命は、彼等の時間は、他の何ものとも引き換えにはならない。

ああ、もう……判らない、心が踏み荒らされた泥の地面のようだ。

「思うのも苦しいし、思わないようにするのも苦しい、そうだよね？　僕も、そうだった」

どうにもできずにただ下を向いていると、英一の声が柔らかく響く。

「それはもう、どうしようもないんだ。そうなったらどっぷり、そこに浸《つ》かるしかないんだよ。嵐《あらし》と同じ。巻き込まれたら、もうどうにかしようなんてできるもんじゃない。ただ過ぎるのを待つしかない」

濁《にご》った頭の奥で、いつか聞いた英一の言葉が響いた。

――どっちかに決めるっていうのはさ、こっちかも、でもそうじゃないのかも、って、もやもやあれこれ考えあぐねてる自分の気持ちを全部折って捨てる、てことでしょ。そんなことしなくていいよ。と、僕は思うよ。

一度おさまった涙がまたぐうっと上がってきて、目頭から吹きこぼれた。

そうか……きっと彼は、この場所でずっと、そうやって生きてきたんだ。嵐の中にただひとりで立って、揺れ動く感情のどちらかをシャットダウンして見ないようにするのではなく、とことん考えて、どちらも同じ重さで大切に両手に持って。

ゆっくりゆっくり、目を上げると、英一がマスターの顔で微笑んでいた。

いつか見た、細い目を更に細めた、人なつっこい笑みが浮かぶ。

本当は一度も「実物」を見ていない、その笑顔が。

決めなくていい。

本当に、そうなのだろうか、美馬坂くん。

AとB、今は選ばずにいることが、自分に許される、そう思っていいのだろうか。

「告発を、するならさ。僕の姉にも、同席させてもらえないかな」

ようやっと涙が止まった彰に、英一はどこかおどけた声で言った。いきなりのその発言に、彰は面食らう。

「家族の証言があった方が、より固いでしょ」

「……いや、まあ、そりゃそうだけど」

彰は軽く音を立てて洟《はな》をすすると、ぶん、と一度頭を振って気持ちを切り替えた。言いたいことを言い泣きたいだけ泣いたせいか、頭は重いが気分は妙にしゃっきりしている。

「賛成してくれるかな……逆に公表前に研究所に密告されたりしたら」

「神崎さんが実験に戻れたら覚醒の可能性が上がる、て話を姉に聞かせてほしい」

英一は身を乗り出して、両手を組んだ。

「姉に伝えて。僕は、目覚めたい。目覚めて、この目で、大きくなった満ちるが見たいし、旅館を立派に仕切ってる姉の女将姿も見たい。僕は……出たいんだよ、御堂くん」

彰は言葉を見つけられずに、ただテーブルの上の英一の手を見つめる。

「姉がもし君の話を信用しなかったら、こう言って。僕が最初に姉に真剣に腹を立てたのは四歳の時で、僕がつくったゴム飛行機を自分の夏休みの工作の宿題として持ってっちゃったからだ、って」

いたずらっぽい表情で言いながら、英一は軽く吹き出した。

「あれ、ほんと会心の出来だったんだ。今思い出しても悔しいよ」

英一はくすくす、と笑って言うと、どこか晴れ晴れとした顔つきで天井を仰いだ。

「ああ、何だか……すごく、今、繋がってる、て思うよ。もう完全に断絶してると思ってた『外』と、しっかり繋がってる、て感じ」

英一は一度ぎゅっ、と彰の手を握って、すっくと立ち上がる。

「現実ですごした時間や人のことを、多分僕は、いろんな意味で忘れようとしてた。もうあっちのことは僕の中で薄めたスープみたいになってて、味なんか判らなくなってた。でも御堂くんと会うようになってから、驚くくらいくっきりはっきり、いろんなことが甦ってきて……君が話してくれる満ちるや神崎さんのこと、そこにまだ確かに僕の『居場所』があるんだ、そう思ったらすごく心強くて」

英一は彰を見おろし、ちらっと歯を見せて笑う。その笑顔に彰は、自分の胸の中のぐずぐずにゆるんだ泥の地面に光が射したような心地がした。

「ありがとう、御堂くん」

彰は何も言わずに、ただ微笑んで小さくかぶりを振ってみせた。


「くれぐれもその、羽柴さんにお礼を言っておいてよ。満ちるのこと、迷惑ばっかりかけて本当に申し訳ないけど」

神崎によろしく伝えてほしい、ということに加えて、英一が念を押すようにそう言ってきて、彰は力強くうなずいた。

「うん、勿論。宏志にとっては迷惑どころか喜んでるくらいだよ」

その勢いでつい口走ってしまうと、英一がきょとんと目を大きくした。

「御堂くん、それなんで？」

しまった、言いすぎた、と思いつつ、こうなったらごまかしは利かない、この相手に追及されたら言い逃れなんて到底無理だ、と思って正直に答える。

「宏志、どうも、満ちるちゃんのこと大分気に入ってるみたいで。……あ、ああ、でも勿論、同居してるからって良からぬことを企《たくら》むヤツなんかじゃないし、あくまで保護者として節度ある態度で接してるから」

最初の一言に英一の目がぎょろっと動いたのを見て、彰は慌てて早口でフォローした。

同時に心の中で、もしかしたら将来の義兄になるかもしれない人物に今の時点で悪印象を与えてしまった、ごめん宏志、とものすごく先走った謝罪をする。

「それは当たり前じゃない？」

わずかにトーンを上げ気味に言う英一に、彰はますます慌ててかくかくとうなずいた。

「あ、うん。それはそうなんだけど。いやでも、ほら、弱ってるところにつけこんで、みたいなのいるじゃない。あいつは全然、そういうヤツじゃなくって。頼れるし、真面目だし、情に厚いし、信頼できるし、背も高いし、顔もいいし、飯が抜群に美味いし」

自分でも何を言ってるんだか判らなくなりながら、とにかく思いつく限りの美点をあげまくっていると、口をへの字にしていた英一の顔がゆるんで、ぷっと吹き出した。

「判った、判ったよ。……うん、確かに、なかなかの見てくれだ」

宏志の姿をしている彰を上から下まで流し見てそう言うと、英一はひとり納得した顔をして大きく後ろにもたれる。

「でも、なんて言うか……やっぱりさ、子供なんだよ、僕の思う満ちるはさ。小学生なんだ。だから保護者ってそれ当たり前だろ、て瞬間的に思ったし……でも、違うんだよね、もう。僕等くらいの年齢の男性から気に入られたって、おかしくない歳なんだよね」

英一のしみじみとした言葉に、彰は浮きかかっていた腰をすとんとおろした。

現実とずれてしまった認識の修正で脳の覚醒をうながせるかも、と言っていた神崎の話を思い出す。確かにここにいて、こうしてたまに自分と話すくらいでは、そう簡単にはズレは戻せないのだろう。

だとすると、本当に満ちるや姉を連れてくることができれば、神崎の今までの実験の再開に合わせて、意外にあっさりと目覚めることができるのかもしれない、そんな希望も抱く。

「僕はさ、満ちるの結婚式が見たいよ」

わずかな笑みを見せながら、英一は嚙みしめるように言った。

「小さい頃はずっと、お兄ちゃんと結婚する、て言ってたんだ。はいはい、て言って、でも内心、とびきりの相手と結婚するといいなあ、うちみたいじゃない、心から笑いあえる家族をこの子が持てますように、てずっと祈ってた。幸福に……全身が幸福に包まれてるみたいな、そんな花嫁さんになるといいな、って」

誰に聞かせるともなく呟いて、ふっと遠くを見る。

「もしそれが本当にこの目で見られるんなら……嬉しい、よね」

彰は胸がつうんとなるのを感じながら、小さくうなずいた。


残り時間はもうわずかだったが、少し歩きたくて彰はシーニユと店を出る。

「次にいつ来るかは決めてないけど、何か現実側で、展開があってからになると思うよ。宏志にはできるだけ火の粉がかからないようにしたいんだ」

「判りました」

その言葉にシーニユは全く動じず即座にうなずく。

彰は横目でちらりと、そんな彼女の横顔を見る。

「シーニユ……何故、俺が御堂彰だ、て判ったの？」

するとシーニユは足を止め、くるりと彰に向き直った。

つられて彰も足を止め向かい合うと、シーニユはわずかに首を傾げて、珍しくしばらく何も答えずにただじっと彰の目を見つめた。

「シーニユ？」

「中に、透けて見えた、からだと思います」

そしてやはり珍しく、言葉を切りながらどこか曖昧な答え方をする。

「透けて?」

「最初、初めてのお客様だと思いましたので、生体データを取りました。その際、こちらを見られた時の、心拍数や呼吸の速さや深さに独特のリズムがありました。それから目が、いいえ、視線、と言った方が適当かもしれませんが、まなざしに既視感がありました」

「……視線、に?」

ある意味においていかにもシーニユらしい、けれど別の意味で思ってもみない回答が返ってきて、彰は面食らった。

「はい。御堂さんがわたしを見る目は、他のお客様や仮想人格、人工人格とは異なるように捉えられます」

ああ、三度目の「わたし」だ、彰は更なる驚きを感じながら内心で呟く。

思えば一度目の「わたし」、あれは英一を探したい、と持ちかけた時に「自分が仮想都市に行く」と言った時だった。そして二度目は彰が何の気なしに人工人格の特性を好ましいと口にした時、「自分はヒトのようにふるまうことが下手だ」という打ち明け話で。

基本、自分から積極的に何かと関わろうとしなかった彼女が、誰からの指示でもないのに能動的に動こうとした時と、自分の内面を一切言葉にしなかった彼女が初めてそれを語った時の「わたし」。

そして三度目の「わたし」。

これは単なる人称代名詞としてのそれに過ぎないけれど、でも明らかに今までのシーニユなら使わない単語だった。多分、以前の彼女なら「こちら」と言うだろう。

そう考えた瞬間、彰は彼女が今まで非常に注意深く、自分を「ヒト」として扱う言葉を避けていたことに気がついた。

そもそも「わたし」という一人称を使わなかったこともそうだし、「好き」という感覚を他人事《ひとごと》のように話すところもそう。今にして思えば、「思う」という表現さえ、最初の頃は使っていなかった気がする。

いつだったか彼女に皐月のことを打ち明けた時、マスターに席を外してもらうのに「二人きりにしてほしい」と言えばいいものを、彼女は「余人を交えず」とずいぶん古臭い言い方をした。あれはおそらく、「彰と自分」というのを「二人」、すなわち「一人と一人」とは考えていなかったからなんじゃないだろうか。

自分は「ヒト」ではないから。

だから「二人にして」ではなく、「他の人がいないようにして」という言い回しを使ったのではないか。

けれど今の彼女は、ごく自然に「自分」を指し示す言葉として「わたし」を使っている。

それはきっと、彼女が自分自身を、意識的にか無意識的にか、より「ヒトに近い感覚」をもって捉えるようになっているから、ではないのか。

……ああ、ここに磯田先生が来られるといいのに。

彰はシーニユのまっすぐな目線を見返しながら、痛い程そう思った。磯田が以前口にした「娘の中にある深く青ずんで底が見えない泉」という言葉を思い出す。

確かに今日のシーニユには、これまで時間をかけて地の下にたまり続けていた水が、今まさにこんこんとあふれ出している、そういう雰囲気が感じられた。

「……何がどう、違っているの」

彰はそのことを本当に嬉しく、どこか尊いものにも思った。初めてシーニユの存在を娘から聞かされた磯田、その時の気持ちと今の自分のこの気持ちには、きっと通じるものがある。いつの間にか成長していた娘の「深さ」に気づいた父親と同じ、心持ち。

皐月がここにいればいいのに、そう痛い程思う。互いに影響を与えながらここまでたどり着いた、そんな自分とシーニユを見て皐月がなんと言うのか、それを聞いてみたい。

シーニユは彰の問いに小首を傾げて、けれど間は空けず即座に答えた。

「数式化はできますが、言葉にはできません」

その回答に、彰はつい吹いてしまう。何と言うか、やはりシーニユはシーニユだ。

きっとヒトなら、逆のことを言うだろう。「論理じゃなく感覚で判るんだ」と。

自分にはとても想像のつかない複雑で膨大で複合的な計算の結果、それが彼女にとっての「感覚」「感情」なのだ。

「何か可笑しいことを言ったでしょうか」

彰の笑みに、シーニユはごく真面目に、いつもの淡々とした声で尋ねてくる。

それと同時に、赤いライトとイヤホンがログアウト五分前を告げた。

「あ、もうそんな時間か」

彰は我に返って特に意味もなくくるりと辺りを見回した。

シーニユはやはり真面目な顔つきで、ただ黙って彰を見ている。

その様子にまたくすん、と彰の唇から笑みがもれた。本当に、父親みたいな、小学校の先生みたいな、そんな気持ちになる。

「可笑しいって言うか、あんまりよく伝わったんで感動したんだよ。……ねえ、シーニユ」

「はい」

「君は何故、俺や美馬坂くんに協力してくれたの？」

シーニユは一度、ぱちりと瞬きした。

「前に言ってたよね。ここの人工人格の一番の目的は、お客の望みをかなえることだから、って。でも……百歩譲って美馬坂くんのことを探し出す、くらいまではその理由でも判るけど、そこから先は、その範疇《はんちゅう》を超えてる気がして」

「先、と言いますと」

「美馬坂くんって、ほんとは『パンドラ』、入っちゃダメなんだろ？　それなのに連れてきてくれたり、ログの書き換えまでしてくれたり、今はこの仮想空間の研究そのものを根本から変えるかもしれないことをしようとしてる俺達の助けになってくれてる。それは……前に君の言ってた『規範』には矛盾しないの?」

シーニユはまた瞬きして、すぐに口を開いた。

「以前に申し上げました通り、『規範』とは『すべてのお客様に快適に「パンドラ」をお楽しみいただけるような環境をつくる為の節度』です。最初に美馬坂さんをお連れした際、それは他のお客様に不快をもたらすような行動ではありませんでした」

シーニユはそこで一度言葉を切って、軽く顎をしゃくるような動きを見せる。

「その後で美馬坂さんの事故の件が判明してからは、やはり以前にお話しした『倫理観』に依《よ》って行動しました。事故が起きた上いまだに解決策さえない、そんな状況でお客様が完全に安心して仮想空間を楽しめるか、それは大いに疑問があるところですから。

この『倫理観』は『パンドラ』で働く為の学習によって築かれたものです。だからそれの指し示すところに従わないのは、『パンドラ』を、そして自分を、裏切ることに等しいのです」

「……成程」

つまり「AとB」だ、彰はそう内心で思った。

もし事故や岡田のことを知っても、『パンドラ』で働くヒトの職員は、運営的なこと、世間的なこと、法律的なこと、そして勿論自分自身の生活のこと、そういう諸々と自分の良心とを天秤《てんびん》にかけて悩むだろう。このまま黙って働き続けるか、告発するか、もしくは黙って仕事から去るか。

けれど彼女にはそういう不純物は一切ないのだ。

……ああ、やっぱりいいな。

彰はまた、自分の胸の底からふうっと口元に笑みがわいてくるのを感じた。

先刻の英一との会話中に感じた煮えたぎるような怒り、その残存物がまだ腹の底にこびりついていたのがさらさらと洗い流されていく気がする。

自分達と彼女、人工人格とは、やはり何かがはっきりと違う。ヒトはやっぱり、どう考えてもこんな風にはなれない。でも、だからこそ、ヒトとよく似て、だが完全に非なる存在、そんな彼等の存在が重要なのだと思える。思えばヒトは今まで、こんなにも自分達と同レベルの知性を持っていて、こんなにも異なる存在と出逢ったことはなかったのだ。

シーニユは確かに、自分や英一という「ヒト」に出逢ったことで変化した。ならばきっと、その逆だって間違いなく起きる筈だ。

彰はわずかに微笑んだまま、彼女を見おろす。

「シーニユ」

「はい」

「俺はヒトとして、君という人工人格が、とても好きだよ」

そう言い終わるか終わらないかの内に、視界一杯に『ログアウトします』と黄色の文字が点滅した。

その点滅の合間に見えた彼女の顔は、いつもと同じ、表情が殆どなく、けれどごくほんのりと唇の両端が上がっているように、彰には見えた。

ほろ苦く、甘い

英一の姉にすべてを打ち明けて協力を乞《こ》う、という提案に、神崎は最初は難色を示したが、最後には彰にすべて任せる、と同意してくれた。

もしも本当に姉の協力が得られるのならかなり強力な証拠となるので、神崎と姉の証言、公表するのはそれで充分じゃないか、磯田はそう言った。つまりは後のことは自分達でカタをつけるから、彰は表に出なくてよい、と。

「いえ、でも、ここまで来て手を引くというのは」

「判ってますよ。今回の件の最大の貢献者、本当のヒーローはあなたです。ただ、本来はこの問題には無関係だったあなたを、告発者として世間にさらすような負担をかける訳にはいかない、わたしはそう思います。あなたにはあなたの人生がある。またお仕事に復帰して、これからの人生を考えなくちゃいけない」

「それについては、磯田くんと同意見だ」

磯田の言葉に彰が何も言えずにいると、神崎もそう言ってうなずいた。

「あくまで君は、匿名の協力者、ということで取り扱いたい。そうすることで、自浄作用というものがまだ研究所にはあるんだ、と世間に思ってもらいたい」

一見自分達の都合を重視しているようなその台詞の裏に、磯田同様、神崎が彰の立場を慮《おもんぱか》ってくれているのがはっきりと伝わって、何とも言えない気持ちになった。

確かに、今の自分の状況は明らかにイレギュラーだ。本来の生活とは程遠い。

そもそもその「本来の生活」から逃げたくて、自分は『パンドラ』に通い始めたのだ。まともな社会生活、というものから離れたところに行きたかった。

そう思うと、ずきりと胸の奥が痛む。

今の自分は「今更外になんて出られない」と言った英一に似ている、と彰は思う。

おそらく今医者に行ったら、そろそろ仕事に復帰してみてはどうか、と勧められるに違いない。それくらい自分の体調や心情面は当時に比べて回復している。

けれどまだ、怖いのだ。

日常を離れて逃げ込んだ『パンドラ』、だがそこでの出来事によって自分はここまで回復した。そこから戻りたくない。本当は出られるのかもしれない、でもまだ自分は怖いのだ。まだ日常とまともに向き合う自信がない。

黙ってしまった彰を、磯田は心配そうに、神崎は心の中を見通すような鋭い目でじっと見ている。

その視線を受けながら、彰は一度、深く呼吸した。

「……もう少し、考えさせてください」

やっとそれだけを口にした彰に、二人はそれ以上、何も言わなかった。


英一の姉に協力を乞う前に、まず満ちるに真実を伝えたい。彰はそう宏志に提案した。

『いや、満ちるちゃんにはまだ言わなくてもいいんじゃ？　それで本格的にお姉さんとバトったりしたら、こっちの味方になってもらえないかもしれないし』

モニタの中で言いながら、宏志はちらっと自室の壁の方に視線を投げる。

多分その壁の向こうの部屋には満ちるがいるのだ、彰は思った。

「俺はさ、もう嫌なんだよ」

その視線の動きと珍しく慎重な声音から、宏志がつくづく満ちるのことを大事に思っているのが判って、彰は気持ちがゆるむのを感じながら言った。

「またあの子だけをカヤの外にして、お兄さんが実は生きてる、なんてものすごいことを自分だけが知らされずにまわりでどんどん話が進んで、なんてあんまりだ」

宏志は口をつぐんで、わずかに目を伏せ考え込む。

「満ちるちゃんが家を飛び出してきたのは、誰もあの子に本当のことを教えず、誰もあの子の本当の気持ちを聞こうとしなかったからだよ。俺はまた、同じことを彼女にするのは嫌なんだ」

『……ん』

宏志はかすかな声で一つうなずく。

「だからさ、その時には宏志も同席してよ」

『へっ？　え、いや、でも俺、どっちかって言うと部外者じゃ』

「きっと満ちるちゃんはものすごくショックを受ける。それこそお姉さんを刺しにでも行きかねないくらい。それをなだめられるのは、お前しかいないよ」

『いやっ……いや、でも……そうかなあ』

少し頬を紅潮させて言い淀みながら、宏志はまた考え込む。

「そうさ。だってもう二週間近く、同居してるんだし。宏志のことよっぽど信頼してるってことじゃない。そうでなきゃ普通、今まで全然知らなかった男の家なんかさっさと出ていくよ」

『……だよな！』

彰が目一杯持ち上げたのが功を奏して、宏志の顔がぱっと輝いた。

『よし、判った。俺に任せとけ！』

「頼りにしてる」

急にテンションが跳ね上がった宏志の笑顔に、彰も嬉しくなって笑った。

『……あの、わたしにお話って、一体何でしょうか』

その二日後、彰は満ちるをトークに呼び出した。

ちらりと目をやると、宏志が「任せとけ」というように小さくうなずいてみせる。

それに励まされ、彰は口を開いた。

「まずお願い。これから話すこと、どうか落ち着いて聞いてほしい。いろいろ確認したいことが出てくるだろうけど、まずは黙って、最後まで聞いて」

そう話す間、満ちるの瞳はいかにも不安定にゆらゆらと揺れた。それに少し不安になるけれど、彼女の背後にいる宏志の姿に勇気づけられる。

『……判りました』

「ありがとう。落ち着いて、聞いてほしい。美馬坂くん、お兄さんは……生きてるんだ」

ゆっくりと、一音一音はっきり発音しながらそう言い切ると、画面の向こうで満ちるの顔が一変した。もともと青い顔色をしていたのが更にすうっと、白っぽい色にまでなり、けれども眉は、むしろ不快な言葉を耳にしたかのようにひそめられる。

『……御堂さん、言ってることが判りません』

少しの間をおいて、満ちるが平坦《へいたん》な口調でそう言う。

『何か……からかって、いるんでしょうか。すみません、お世話になっていて何ですけど、ものすごく不快です』

「満ちるちゃん」

満ちるの声の語尾が震えて、宏志が後ろからそっと彼女の肩に手を置く。

「僕は、君の兄さんに会ったんだ。何度も、話をしてる」

彰は何とか相手の心に届かせようと、満ちるの目を覗き込んで話した。

「彼はこう言ってた。『あの子が人生で一番僕を必要としていた時に、僕は傍にいてやれなかった』って」

満ちるの目がはりさけるように大きくなる。

「頼むから、落ち着いて聞いて。……僕は仮想空間の中で、美馬坂くんに会ったんだ」

そして彰は、ゆっくりと話し始めた。

――話している途中から、満ちるの頬を滂沱《ぼうだ》の涙がつたっていった。

彼女はそれに自分で気づいているのかいないのか、殆ど瞬きもせずに目を大きく見開いたまま、わずかに肩を上下させて呼吸している。

一連の出来事を伝え終え、彰は言葉を止めて小さく息をついた。それから覚悟を決めて、まっすぐに満ちるの方を見る。

開いた唇が、かすかにわなないている。

彰はもう一度息をついて、「満ちるちゃん」とその名を呼んだ。

どこを見ているのか判らない瞳がゆらりと揺れて、唇がもう少し大きく開いた。

『……信じられない』

目線をどこか遠くに漂わせたまま、かすれた声がもれる。

『信じられない……ひどい、そんな……お父さんやお姉ちゃんのせいで、お兄ちゃんはそんなところに閉じ込められて、出られないまま何年も何年も……許せない、そんな、有り得ない！』

ぱらぱらと小石をまくように散らばった言葉が、急にしっかりとまとまって爆発した。同時にどん、と拳がテーブルを叩き、画面が揺れる。

「満ちるちゃん」

彰は急いで、なだめるように言葉をはさんだ。

「彼があそこから出られなくなった、それは事故だ。そのこと自体に、お父さんやお姉さんの責任はないよ」

『だってお兄ちゃんは、お父さんの借金の為にそんな危険なバイトをしたんでしょう！』

と、間髪いれずに実に真っ当な正論が返ってきて、彰は言葉に詰まる。

『だったらそれは、お父さんがいけないんじゃない！　それに、そのことをお兄ちゃんに教えたお姉ちゃんとお母さんも！』

「満ちるちゃん、そうだけど、でも、美馬坂くんもお姉さんも、旅館や家族を守る為に精一杯のことをしたんだ。それは判ってあげて」

目を涙で一杯にして、きっと自分を見つめる満ちるに、彰は必死で言葉を継いだ。

『守る？』

満ちるの声が一段低くなり、目がきろり、と動いて彰を睨む。

『どうして守らなくちゃいけないんですか』

そしてそう予想外の切り返しをされて、彰は少しのけぞった。

『旅館なんか手放せば良かった！』

そこに更に、満ちるは言葉を叩き込む。

『そんなものにしがみついた、その結果がお兄ちゃんが何年もそんなところに閉じ込められてる、そういうことでしょう？　皆が皆、旅館なんかにしがみついたから、お兄ちゃんはそんな目に遭って、お姉ちゃん達はお金に負けて……ねえ、そんなのどこが「家族を守ってる」って言えるんですか？』

甲高かった声は少し落ち着いて、けれど熱く早口に語られる言葉は逆にその分、怒りと痛みが増しているようで、彰は何にも言えなくなった。

確かにそう。その通りなんだ。それがいくら、家族のこれからの生活、それも最も幼い、まだ小学生だった彼女の将来を最優先に姉と兄が考えた為だといっても、きっとそれは彼女にとっては違っていて……だって彼女の最大の望みは、兄が元気で、自分の傍にいてくれることだから。

だから彼女に迷いはない。旅館だって何だって、たとえその後どんな生活が待っていたって、彼女が最優先にするのは兄だ。

その痛々しい程の純粋さ、それはどこか、選択に迷わない人工人格に似ていた。

満ちるは一度口をつぐんで、何度か深呼吸してからまた唇を開く。

『……御堂さんがいなかったら、わたしは自分の人生からずっと、兄の存在を奪われたままになってた。兄も死人のまま、本当に死ぬまでそこに閉じ込められたままだった。そうですよね?』

いつの間にかその涙はすっかり乾いていて、きついまなざしながらも落ち着いた声音で満ちるがそう問うてくるのに、彰ははっきりうなずくことも首を横に振ることもできずに、曖昧に首を傾けた。

『そんなの、ひどすぎる……許せない』

満ちるはぎゅっと、色が変わる程強く下唇を噛む。

『全部の原因をつくった父も、お金に負けた姉も、流されるだけの母も、実験の邪魔をした人達も……どうしようもない額の借金なのに、そんなものを守る為に、取り返しのつかない状態に飛び込んだ、お兄ちゃん、も……わたしは、許せない』

言いながらだんだんと声のトーンが下がっていって、伏せられる瞳からまた、ぽつ、ぽつ、とテーブルに涙の雫が落ちた。

『――失礼します』

満ちるは口元を手で押さえてさっと立ち上がると、素早く部屋を出ていってしまった。

「満ちるちゃん」

彰と宏志がかけた声にも、彼女は振り返らずに扉を閉める。

『任せとけ』

宏志は彰にうなずいてみせると満ちるの後を追って部屋を出ていった。しばらくして、隣の部屋から満ちるのものであろう泣き声や叫び声がうっすら聞こえてきたけれど、何を言っているかまでは聞き取れない。

何一つできないままに、空っぽの部屋を映し出した画面を見つめながらひたすら待っていると、二十分ちょっとが過ぎて、宏志がひとりで部屋に戻ってきた。

『……ごめん、待たせた』

「いや、こっちこそ、任せっきりにしてごめん。……で、どう？」

『うん……、大丈夫』

宏志はモニタの前の椅子の上にあぐらをかいて座って、一つため息をつく。

『どうしていいのか判らないって、大号泣してたからさ……だから言ったんだ。それ、今決めなくちゃ駄目かな、って』

両親と姉、そして兄、それぞれに対して自分が今どういう感情を抱いているのか、それは今決めなくては駄目なのか。今すぐすべてを整理して名前をつけなければいけないことなのか。

『今一番優先したいことは何なの、て聞いたら、お兄さんの無事だ、って。お兄さんが目覚めて自分のところに戻ってきてくれる、それ以上に優先したいことなんかない、そう言うから、「それなら一日も早くこの件を公表して会いに行こう」て言ったんだよ。そしたらみるみる、顔が明るくなって』

——どっちかに決めるっていうのはさ、こっちかも、でもそうじゃないのかも、って、もやもやあれこれ考えあぐねてる自分の気持ちを全部折って捨てる、てことでしょ。そんなことしなくていいよ。と、僕は思うよ。

いつかの英一の言葉を、激しく傷ついて混乱する自分の心がそれにいたく慰められたことを、彰は思い出した。そして親友の凄さに改めて感心すると同時に、成程、満ちるが宏志のことを信頼し心を預ける訳だ、と得心する。

『自分が義兄《にい》さん、お姉さんの旦那《だんな》さんに話をして、旦那さんからお姉さんを説得してもらう、ってさ。自分の言うことなんかまともに聞いてはくれないし、自分も今直接お姉さんを見たら何を言うか判らないから、って』

「え、でも、そのお義兄さんって人、ほんとに大丈夫なの？」

宏志が続けてそう言ったのに、彰は驚いて声を上げた。できることなら、秘密を知っている人間は最小限にとどめておきたいのだが。

『姉を説得できるのはこの世に唯一、あのひとしかいない、彼女そう断言するんだよ』

宏志はどこか困った顔で、苦笑混じりに言った。

『多分大丈夫。今までいろいろ家族の話を聞いてきたけど、ほんとに信頼できる人だな、て感じがするんだよ、そのお義兄さん』

宏志がそう見立てるのならまあ大丈夫か、と彰は自分を納得させて、話がついたら姉本人から自分の元に連絡をくれるよう宏志に依頼し、通話を切った。

英一の姉、清美から彰に連絡が入ったのはその二日後だった。

彰の目の前のモニタの中で、殆ど黒に近い紺色の和服をきりっと着つけた清美は、きちんと正座してこちらを見ている。

その姿は痛々しい程痩せていて、けれど切れ上がった目には強い光が覗いて見えた。

彰が改めて名乗ると、彼女はきっちりと四角く頭を下げる。

『初めまして、美馬坂清美と申します。この度は妹が御堂様と羽柴様に多大なご迷惑をおかけしたそうで、本当に申し訳ございません。心からお詫び申し上げます』

そしてまさに接客業の鑑《かがみ》と言うべき、淀みのない、けれど上っ面な響きなどかけらもない、真摯《しんし》な口調で謝罪をされて、彰はひどく慌てた。どう声をかけても、うなじが見える程深く頭を下げたまま微動だにしない相手を前に途方に暮れる。

しばらくしてようやく、清美は顔が見えるくらいまで頭を上げて、けれど完全に背中を立てるでもなく、ぴんと伸びた背筋をやや斜めにしたまま、というきつそうな体勢で目を伏せたまま小さく息を吐いた。

『あの子の妄言につきあわせてしまって、お二人には本当にご迷惑をおかけしました。明日にもすぐ迎えに参りますので、どうかご寛恕《かんじょ》ください』

そしてそう続けられたのに、一瞬落ち着いた筈の彰はまた慌てる。

「いや、あの、英一くんのことは」

急いで言うと、ほんの数ミリ、清美の眉根に皺が浮いてすぐに消える。

『英一は七年前に亡くなりました。それが事実です』

「ちょっと待ってください。僕は弟さんに会ったんです。彼は、出たいと」

わずかに腰を浮かせて、彰は声のトーンを上げた。

『あの子は亡くなったんです。お世話になっておきながら失礼を承知で申し上げますが、そのようなでたらめな話をなさって妹を惑わせるのはおやめくださいませんか』

「清美さん、僕がどういう立場にいる人間なのか、信じられないお気持ちは判ります。でも僕は決して、弟さんの敵じゃない。彼を助けたいんです」

彰は身を乗り出しながら、こちらと目を合わせようとしない清美に必死で呼びかけた。

清美はやはり顔を上げずに、それでも今度は何も言わない。

「……僕が本当に弟さんと会ったことをあなたが信じてくれなかった時は、こう言え、と彼に言われました。彼が最初にあなたに真剣に腹を立てたのは四歳の時で、彼がつくったゴム飛行機を自分の夏休みの工作の宿題として持っていかれたからだ、と」

黙ってしまった清美に英一の言葉を思い出してそう言うと、彼女の顔がさっと上がった。驚いたような目で青ざめた頬のまま、こちらを見ている。

「あれは本当に会心の出来だった、今思い出しても悔しい、そう言っていました」

続けて言うと、その眉がかすかに寄った。

本当にこれで良かったのか、と固唾を呑んで待っていると、しばらく経ってから、

『……あの、それだけですか。それ以外には……何か言いませんでしたか』

と清美が言ったのに、梯子《はしご》を外された気分になる。

「あの、はい……この件については、これしか、でも」

焦り出す彰の前で、ほう、とかすかな音を立てて清美が息をついた。

そして背中を伸ばして、まっすぐ体を立てる。

『……信じます』

それからそう一言言ったのに、彰はえ、と軽くのけぞった。

『すみません、御堂さんが何故あの子の為にそこまでしてくださるのか、正直見当がつかなくて……マスコミが面白おかしく暴きたてようとしてるんじゃないか、その結果あの子の身が危うくなるんじゃないか、などと考えてしまい、すぐには信用できませんでした。申し訳ありません』

「あ、いえ、それは当然だと思います。僕の方も、状況がこんな風になるなんて最初は考えてもみなくて。なんて言うか……ごめんなさい、ある意味成り行きで、ここまできてしまったようなもので」

清美がまた深々と頭を下げてきたのに言い訳がましく言うと、彼女は顔を上げて小さく首を横に振った。

『……あたしが、壊したんです』

そしてぽつん、と、水滴のような呟きをこぼす。

『ゴム飛行機。宿題として出して、その後、家に持ち帰るでしょう。その時……あの子の目の前で、足で踏みつけて、壊したんです』

彰は言葉を失って、わずかに紅潮した頬と潤んだ瞳をした彼女を見つめた。

『理由は……何でしょうね、今となっては、自分でもよく。単に嫌がらせしたかったのか、返すのが惜しくてそれくらいなら、と思ったのか、自分より器用な弟への嫉妬《しっと》だったのか……多分、どうでもいい、他愛《たあい》のないようなことなんです。そういうつまらないことで小さな弟の心を踏みにじれる、あたしはそういう姉だったんです』

小さく息をついて、清美はほんの少しだけ肩を落とした。けれどそのわずかな動きで、今までぴん、と張りつめていた背筋がゆるみ、急に歳をとったように見える。

『ぐしゃぐしゃに踏み潰して、笑って立ち去りました。その後あの子が怒ったのか泣いたのか、それとも何にも言わなかったのか、壊れた飛行機を一体どうしたのかは記憶にありません。多分、どうでもいいことだったからです』

一度言葉を切った唇の端が、かすかにひきつる。

『言わなかったんですね、あの子……飛行機を持っていかれた話だけして、壊された話をしなかったんですね』

「あ、はい。それは、今初めてうかがいました」

彰は清美の言葉にうなずいた。そんな話、聞いたら忘れる訳がない。

『だから……信用しました。あの子が本当に、御堂さん達のことを信用して、あの件を公表したい、その為にあたしに証言をさせたい、そう思っているから……そこまでしか、話さなかったんだと思います』

清美はそう言うと、きゅっと口の端を歪めて苦い笑みを浮かべた。

『もしそこまで話してしまったら、御堂さんはそんな人間に英一を助ける為の協力を乞うことはためらったんじゃないかと思いますし……それに、あえてそこまでしか話さないことで、この話を御堂さんにしたのは本当に自らの意思で、真実なんだ、ということをあの子はあたしに伝えようとしたのだと思います』

「ああ……成程、判ります」

彰は納得してうなずいた。心から親しい姉弟だったかは判らないが、この二人の間には確かにある種の理解と信頼がある。

清美はすっかり落ち着いた様子で、青ざめた頰にもいろが戻ってきた。それと同時に、また背筋がぴん、と張ってくる。

『あの子がもうすっかり覚悟を決めているなら、こちらも腹を据えます。……どうか、よろしくお願い申し上げます』

そしてまたきっちりと深く頭を下げたのに、彰はまたも恐縮しながら、自分も同じように頭を下げた。

「いえ、あの、こちらこそ。ご家族にもお仕事にも、大変なご迷惑をおかけすることになりますが、どうかよろしくお願いいたします」

『その件ですが……満ちるは、もし可能なら、この後もしばらく、そちらにお預かりいただくこと、お願いできないでしょうか』

彰の挨拶に顔を上げた清美は、ふと眉を曇らせる。

『公表したら、おそらくマスコミが、大勢旅館にも来るかと思います。あの子を巻き込みたくはないんです。勿論、費用はお支払いいたします』

「いえ、そんなことはいいんです。全然問題ありません」

生真面目な顔で頭を下げる清美に、彰は急いで首を振った。

『今はあの子の大学には休学届を出していまして。商売がこの後どうなるかは正直判りませんが、どうしようもなくなったら売ってしまえば、この後あの子がひとり立ちするくらいまでのお金はできるでしょう』

思いもよらぬ程さばさばと清美がそう言って、彰は度肝を抜かれる。

清美は照れたように笑って、そんな彰を見た。

『夫から、聞きまして……姉さんは家族を守る為に旅館を守ろうとして、結局家族を壊したんだ、と。確かにその通りです。あの子の言う通り』

そしてまた、ふふ、と笑うその顔は、どこか嬉しそうにも見える。

『生意気ばっかり言う子供だと、ずっと思ってましたけど……正論です。ぐうの音も出ません』

清美は遠くを見るように、すっと目線を上げた。そのまなざしは綺麗に透き通っている。

『うちの家族は、もうすっかりバラバラです。それを無理矢理、旅館というカゴの中に入れることでかろうじて保っていたようなもの。満ちるの言う通り、旅館なんて手放してしまって、英一を取り戻して、それからそれぞれが好きなところで好きなように生きていけばいい、そう思いました』

そう言って目を細めて笑う姿に、彰はああ、やっぱり彼女と英一は似ている、改めてそう思った。

『あたしはあの子の覚醒がそんなかたちで妨害されていたのを何一つ知らずに、あの子ひとりを犠牲にすることで今日まで安穏と暮らしてきました。それは全部、あたしが背負うべき咎です。――本来、これはあたし達家族の問題でした。それなのに御堂さんにここまでお膳立《ぜんだ》てをしてもらった。ここからは……あたしが全部、背負います』

そう語る清美の目には、強い力が宿っている。

……そうか、自分は、さみしいのかもしれない。

それを見つめ返しながら、彰は心の片隅でひっそりと思う。

研究所で行われていた事故や犯罪の隠蔽、実験の妨害については、神崎や磯田の問題だ。そして美馬坂家のことは勿論、本人や姉や満ちる、その家族達の問題となる。

自分は本来、無関係な、外側の人間なのだ。

だから磯田や神崎に「もう君は表に出なくてもいい」と言われた時、抵抗を感じたのだ。立場的にはそうなって当然なのだけれど、まるで自分がはじき出されるようで、後は無用だと言われたようで、それがむしょうにさみしい。

『御堂さん？』

黙ってしまった彰の様子をうかがうように清美は声をかける。

「……あ、いえ、ご協力いただけること、本当に有り難く思います。また改めて、神崎先生や磯田先生からご連絡しますので」

我に返った彰は、そう早口に言って頭を下げた。

実に何とも、我ながら子供じみている。仲間外れが嫌だ、なんて。

磯田先生は言った。本当のヒーローは君だと。

ヒーローというのは世界を救ったらさっさと立ち去るものだ。

そう思うと自然に口元に笑みが浮かんで、彰はそのままそれを清美に向けた。

「本当に、ありがとうございます」

そう、だからこれで、充分なんだ。


次の日の朝、ゆうべ清美とどういう風に話が進んだかを満ちるに告げると、彼女は一瞬、ひどく複雑な表情を浮かべてから何も言わずにうなずいた。

宏志は勿論、これからもしばらく彼女を家で預かることを快諾してくれる。

今後のスケジュールとしては、神崎と磯田と清美とで打ち合わせをしてどう話を進めていくのかを決めた後、磯田が信頼できるマスコミを手配し、二月の中旬か三月の頭に会見を開く、ということで話がまとまった。

清美はやはり満ちるの家出の数日後に研究所に彰の話をしてしまったそうで、告発まではこれまで同様、彰は神崎の家にとどまることとなった。

ひとまず見通しが立ったことを英一に告げる為、彰は『パンドラ』の予約を宏志に頼む。

『……あれ、メンテだって』

と、モニタの向こうで宏志がきょとんとした顔になった。

そう言われて彰が自分のモニタの端に出した『パンドラ』の予約サイトを見直すと、確かに明後日から緊急メンテナンスに入る、という告知がある。期間は三日間だ。

『パンドラ』のサイトを見るようになってから数ヵ月になるが、今までそんな告知は見たことがなかった。しかももともと予定されていたものではないらしく、このメンテの為に予約を断ることになるゲストには、サービス券と次回の優先予約をおつけします、というコメントがお詫びと共に書かれている。

「何かあったのかな……」

告発を目前にして何かあったら、と彰は一気に不安になった。

『明日の最終、一つ空きある。押さえるぞ、とりあえず』

宏志が急いでそう言って、手元で操作をする。

通話を切った彰はとりあえず神崎に確認してみたが、彼はメンテについては何も知らなかった。次に磯田に連絡を取ってみると、磯田自身にもつい先刻メールで連絡があったばかりだ、と怪訝な顔を見せられた。メンテナンス担当でない職員には、全員、有休を与えるので、該当日が出勤の者は休むように、との通達だという。

今までもメンテナンスがなかった訳ではないが、ハード・ソフト共にあらかじめ予定が定まっているか、逆に突然の故障などの急なメンテのどちらかで、こんな風に緊急で、にもかかわらずその直前までは普通に稼働を続けていられる、などという状況はなかったそうだ。

しかも自分のような研究がメインの職員の場合、別段、『パンドラ』そのものが停止したからといって普段の仕事ができなくなる訳ではない。なのに休むよう指示が出るのは奇妙な感じがする、そう磯田は言った。

告発の準備がいよいよ整ってきたのが向こうに知られてしまったのではないか、と彰は危惧したが、磯田によれば、今のところそんな様子は特に感じられないそうである。

とりあえず英一に現在の状況を知らせなければならないので、明日の『パンドラ』へのログインについては実行することにしたが、中で万一のことがあればすぐさま接続を切るように、と神崎から念を押されて、いささか緊張しつつ彰は次の日を迎えた。

ログインをしてからしばらく、彰は周囲に気を配りながら適当にいくつかの店を覗いてみたが、特に違和感もなければ誰かに見張られている様子もないので、『Café Grenze』へと足を向けることにした。

そもそも万一宏志の行動が疑われていたとして、その場合は中に入って見張ったりしなくても、ログを逐一監視すればいいだけの話だ。この場でどうこう気をまわしたりしたところで、全部手遅れなのだ。

そう思うとかえって開き直れて、彰は吹っ切ったように足を早めた。

すると、見えてきた店の扉にはいつかのように「Closed」の札が吊るされている。

彰は不安を覚えつつ、扉を押し開けた。

「御堂さん」

奥の席で入り口に背を向けて座っていたシーニユが、立ち上がってこちらを見る。

その瞳が、彰を見た瞬間にほんの一瞬、ちかっと光った気がした。

向こう側に座っているのは、確かにマスターの姿をした英一だ。

「御堂くん、ちょうど良かった。あのね」

「今日は何故、来られたんですか」

話し出そうとする英一をはっきりと遮って、シーニユが何故か厳しい声で尋ねてくる。

「シーニユ」

「羽柴さんに協力していただいてまで来られたのですから、何か重要な用件があるのではないですか。まずそれを確認する必要があります」

咎める英一に、彼女は叱《しか》りつけるようにそう言い放った。

「何……どうか、したの。明日からのメンテ、やっぱり何かあるの」

息を呑みながら彰が言うと、英一の顔がわずかにひきつった。

「はい。でもその話は後に。まず御堂さん側のお話を聞かせてください」

けれどシーニユは、有無を言わせぬ態度でありながらも冷静な顔つきでそう言い、手で彰に椅子を勧めてくる。

「……判った。手短に話すよ」

彰は腰をおろしながら早口に昨日までの状況の説明を始めた。

できる限り早く説明を終わらせたかったけれど、話を聞いた英一は、特に自分の生存を知った満ちるの反応についてすべてを知りたがった。

早く切り上げたい、だけではなく、満ちるの「兄のことも許せない」という言葉について何とか話さず済まそうとした彰だったが、何度も何度も様々に追及を重ねられ、結局洗いざらい喋ってしまう。

「……そう」

きゅうっ、と音が聞こえる程に一瞬強く歪んだ英一の顔に、彰はいたたまれない気持ちになる。

「でも満ちるちゃんが一番望んでるのは、美馬坂くんの無事な生還だから。いろいろ、割り切れない思いはあるだろうけど、彼女は君が生きていたことを本当に喜んでる。それ程好きだから、許せない、そう思うんだよ。その責めは……直接、会って、君が受け止めてあげなくちゃ」

必死で言葉を繋いでいると、彰の胸に何とも言えない思いがわき上がってきた。

「……生きてるんだからさ。会えるんだ。いいじゃないか、いくら責められたって、許されなくたって」

ふい、と目を動かして、英一が彰を見上げる。

「もう絶対に取り戻せない、完全に失ったと思ってた相手が……戻って、くるんだ。君も満ちるちゃんも、それで十二分じゃないか」

呟くように続けていると、急にたまらなく泣きたくなって彰は目をそむけた。

そうだ、自分は……自分がここへ来た本当の目的は、もう二度と取り戻すことのできない、彼女の幻想に逢う為だったのに。

どれ程言葉で責められようが、必ず相手と逢える。そのことを彰は喉がひきつれる程羨《うらや》ましく感じる。

「……御堂くん」

英一は深く息を吸って、彰の名を呼んだ。

「うん。君の、言う通りだ」

噛みしめるように言って目を伏せると、ゆっくりと肩を動かしながら何度か呼吸する。

「君に、話さなくちゃいけないことがある」

そして、顔を上げないままにそう言葉を続けた。

「……何？」

一度は消えていた不安がまた黒雲のようにわき上がって、彰の声が小さくなる。

「メンテだ」

「メンテ、ああ……何か、あったの？」

胸がどきどき鳴り出すのを感じながら問うと、シーニユが遮るようにすっと手をテーブルに差し出した。

「今日来てくださったのは、本当にタイミングが良かったです」

彰が隣の相手を見ると、彼女は少し体を動かして上半身を彼の方に向ける。

その灰色の目はいつもと変わらず、しずかで落ち着いていた。

「明日からのメンテ中に、ナイトゾーンのログの徹底調査がなされることになりました」

そしてやはりいつもと同じ、淡々とした調子の声で、彼女はそう告げた。

「……え？」

一拍遅れて、彰の唇から気の抜けた声がもれる。

シーニユはこくりとうなずき、説明を始めた。

英一の姉から彰の話が研究所に知らされた後、向こうはやはり、彰は英一の事故の件を追っていると考えたらしい。そこでサーバ内の彰の行動ログを調べたが、その時には既に英一達による書き換えが済んでいた為、そこから何かを見つけることはできなかった。

だが大した起伏もない行動を、毎週同じナイトゾーンで行っているのにかえって不審が募《つの》ったのと、清美の通報があってから彰の行方が判らなくなったこと、まだ相当あった予約分がすべてキャンセルされたことなどから、彰に対しての疑惑は更に膨らんだらしい。

彰の『パンドラ』内での行動ログはつまり、何時にログインして、どのルートを通ってどこへ行きどういう行動や会話をしたか、という流れの記録である。その途中で例えばただ道ですれ違っただけ、同じ施設内にいただけで、会話や関わりがなかった人工人格やゲストが誰で何人いるのか、そんなことまでは彰側のログを見ただけでは判らない。

そこでもしかしたら暗号のようなかたちで人工人格や人間のスタッフ、他のゲストと何らかの情報のやりとりをしたのでは、という疑惑が上がり、人工人格や、彰と同時刻にログインしていたゲストの記録を洗いざらい調べよう、ということになったのだそうだ。

調べるログはナイトゾーンのものだけで済むが、それでも相当な量となる。しかも、英一の件を知らない職員達も大量にいる為、『パンドラ』すべてを止めてごくわずかな人数で内密に調べ上げることとなった。

「それ……それ、まずくない？　だって、マスターやシーニユのログを調べられたら」

説明を聞いている内、彰の唇からはうわずった声が上がった。そうなったら、すべてが終わりだ。

彰の言葉に、シーニユは厳しい顔つきでうなずいた。

「ですから、書き換えます」

ぴしりとシーニユが言うのに、顔を伏せたままの英一の肩がぴくりと震える。

「ログを、すべて書き換えます。以前、御堂さんのものを書き換えたように」

「あ……ああ、成程」

そうか、前と同じことをすればいいだけなのか。

彰はほっとして、気づかぬ内にわずかに浮き上がっていた腰をすとんと落とした。

「そっか、良かった」

軽く呟くと、英一がわずかに額を起こす。

「前に御堂くんのログを書き換えた時、僕の都市側のサーバのログも書き換えたんだよ」

けれどまだ目は合わせないままそうぼそりと言われたのに、彰は「あ、そうなんだ」としか言うべき言葉がなく、少し首を傾げる。

「その後に僕がこっちに来てる時には、向こうに同時進行で偽のデータを流してた。部屋で映画見てるとか、そういう内容で」

英一の言いたいことが摑めないまま、彰は曖昧にうなずく。

「でも僕も御堂くんも、ここであったこと、全部覚えてるよね」

「え、うん」

「なんで?」

畳みかけるように問われて、彰はきょとんと目を見張った。だって、そんなことは。

「そんなの、だって、当たり前じゃない、だって……」

訳も判らず答えようとして、その声が途中でうわずって消えた。

すうっ、と背中の皮膚が冷えていく感覚が走る。

そんなのは、当たり前だ。

だって……自分達には、生身の脳が、あるから。

ナマの脳で、記憶をしているから……だからサーバ内の電子的データをいくら書き換えたところで、実際の記憶にはかけらも損傷がない。たとえデータをすべて消したって、自分達二人の記憶は消えない。

気づかない内に、息が止まっていた。

わずかな息苦しさを感じて、無意識のまま、音を立てて細く長く息を吸い込む。

くらくらと視界が揺れるのをどこか遠い出来事のように認知しながら、彰はゆらりと瞳を動かした。

目の前に、上半身をこちらに向けて座っているシーニユの表情が見えてくる。

いつもと変わらない、視線にブレがない灰色の瞳とぴったりと閉じられた薄い唇。

まさか、そう言いたくて唇を開いたけれど、そこからはかすかな息がもれるだけで声は全く出てこなかった。

けれどシーニユは、しずかに一つうなずいてみせる。

「ご推察の通りです」

英一が深く息を吸って、テーブルの上の両手をきつく握り合わせた。

「ログを書き換えれば、人工人格の記憶はその通りに書き換わります。つまり、本来の記憶は消滅します」


シーニユの言葉の意味が判らなくて、彰は二、三度目を瞬いた。

いや、単語それぞれの意味は知っている。

けれど文章として、理解ができなかった。

ただ呆然としている彰を、シーニユは何の表情も浮かべずに無言で見つめている。

こく、と彰の喉が鳴った。

「いや……でも」

自分でも何を言おうとしているのか判らない、無意味な言葉が口からもれる。

「でも……でも、さ」

彰は混乱しきった目で、シーニユと英一を交互に見た。

「でも……どうにか、ならないの」

その目がうつむいたままの英一の上で止まる。

「今までだって、いろいろ、どうにかしてきたじゃない。何とか……今の彼女のログをよそに保管しておいて、後で戻すとか」

英一は小さく首を振った。

「今回の調査に対して確実に安全な保管場所、なんて正直言って僕にも判らない。今使ってるこの『穴』だって、下手すると見つかる。僕の都市側のログについても徹底的に洗われることは間違いないから、その中にまぎれこませるのも無理だし」

彼にしては珍しくぼそぼそとした口調で言うと、ちらっと奥の壁に目を投げる。

「あのホットラインも、撤去しないと。でも、そうしたら……シーニユ達の記憶が消える以上、僕がこっちに来られるのは、今日が最後だ」

また、彰の胸に鈍《にぶ》い衝撃がきた。

そうだ、そもそもは自分が頼んで彼女に英一を呼び出してもらって、こうして会えるようになったのだから……彼女の記憶がなくなれば、それもできなくなるのだ。

とにかく何かできることはないか、頭をフル回転させながら彰はまた意味もなく言葉を繰り出した。

「でも……でも、ああ、でも、告発することは決まってるんだから……だから、もう、別にいいんじゃないの、知られたところで。間に合わないよ、握りつぶそうったって。もう準備は整ってるんだ」

「告発の内容を裏付けるには、美馬坂さんのお姉さんの証言が不可欠です」

我ながらむちゃくちゃなことを言ってる、そう頭のどこかで思いながらも言わずにいられない、そういう気持ちをいつもと変わらないシーニユのなだらかな声が押さえつける。

「彼女が告発内容をすべて否定して、弟さんは確かに亡くなっている、それは研究を奪われた学者が仮想人格に植え付けた妄想だと言われたら終わりです。美馬坂さんの肉体がいわば人質として所に握られている以上、告発前にその情報を知られるのは致命的です」

「判ってる、そんなの判ってるよ、でも……！」

闇雲に首を振って言い返そうとするが、「でも」より先に続く言葉が見つけられない。

「御堂くん」

すると、黙って二人のやりとりを聞いていた英一が顔を上げた。

「もし、シーニユがこれに関わっていることがばれたら、研究所はどうすると思う」

英一はマスターの瞳を通して、厳しい目で彰を見ている。

「彼女は人工人格だ。しかも特殊技能持ちじゃない、ノーマルタイプ。ナイトゾーンには四桁単位で存在している。再教育したりするより、人格ごと削除する方が早い」

彰は完全に言葉を失って、英一を見つめ返した。

「たとえほんのわずかでも、研究所にこっちの状況を知られる可能性を残しちゃ駄目だ。君や僕の為だけじゃなく、シーニユの為に」

彰はそうっと、シーニユの方に顔を向ける。

彼女は白い頬と無感情な瞳で、それを受け止めた。

「こちらのことはご考慮いただくに及びません」

そして、唇を開いて淡々と話す。

「ただ、確実な告発を行う為には、私共の完全な記憶の書き換えが絶対に必要です。ですから御堂さんには、少しでも早くこの店を出て、こちらの書き換えの負担を減らしていただかないといけません」

――私共。

前と同じ、頑《かたく》なな人称に戻ったことに彰はずきりと痛みを感じた。

わざとだ。

あえてこんな風に、自分が「人工」なんだ、ということを見せつけて、記憶が消滅することなんてどうってことない、と思わせようとしているんだ。

「シーニユ」

ぴしりと言い切った彼女に、英一がたしなめるように声をかけた。

「僕は、少し外に出てるから。だから、二人でちゃんと話して」

英一は立ち上がると、すれ違いざまにぽん、と軽く彰の肩を叩いて店を出ていった。

彰は出ていく英一の後ろ姿を見ることもできずに、ただうなだれていた。

「御堂さん」

そこにシーニユが声をかける。

「御堂さん、わきまえてください」

まるで子供を教える先生のように、シーニユは我慢強い声でそう言い切った。

「これが最善の選択です」

彰はぐっと頰の内側を噛んで、両の手を握りしめる。

そうだ、判ってる……すべてがその選択が正しいと指している、だから彼女は、躊躇なくそれを選ぶのだ。

「判ってる、でも……君の記憶が、消えるなんて」

歯の間から言葉を押し出すと、シーニユの頰がわずかにやわらいだ。

「御堂さんの記憶が、すべて消える訳ではありません」

そして予想外のことを言われて、彰は顔を上げる。

「この店に初めて来られた時のことですが、あの時は榊原さんの件がありましたから、書き換えてしまうと矛盾が生じてしまいます。ですから初日にお会いしてお話ししたことについては、そのまま残します。御堂さんのことを忘れてしまう訳ではありません」

すらすらと話されて、一瞬だけ浮かび上がった心がまたすぐに沈んだ。

彼女の中から完全に自分が消滅する訳ではない、それは確かに喜ばしい。でも……結局あの日以降のことは、すべて消えてしまうのだ。

もし次にシーニユに会っても、彼女にとって自分は、この店でほんの一回会って、少し話をしただけのゲストに過ぎなくなっているのだ。

彰は喉の奥がきゅっと狭くなる感覚を覚える。

うつむいたままの彰を見つめるシーニユの瞳がふっと柔らかみを帯びると、かたりと立ち上がった。

「コーヒーをお淹れしましょう」

突然の宣言に驚いて顔を上げると、彼女はすたすたとカウンターの中へ入っていく。

「コーヒーって、シーニユ」

「時々、マスターに教わっているんです。マスターの腕を知っている方に、一度飲み比べていただけないかと思っていたので」

まるで普通の世間話をする口調で言いながら、シーニユは大きな缶から豆をメジャースプーンで取り出してミルで挽《ひ》き始めた。

「初めてこの店に来られた時に飲まれたEinspänner、あれをおつくりします」

そう言いながらコーヒーをつくっていく、その様子は確かにマスターの手際の良さとは比べものにならなかったが、手順に危なげな様子や迷いは全く見られなかった。

彰はテーブルの椅子に座ったまま、上半身をねじってその姿を見つめる。

「人間の記憶喪失には、いくつか種類がありますね」

と、竹べらでコーヒーをかき混ぜながら、シーニユは突然話し始めた。

「数日間だけの記憶がない、とか、自分の名前や家族、生い立ちまで忘れてしまったり、とか」

「ああ……うん」

彼女の話の意図が判らないまま、彰は曖昧にうなずく。

「ですが、脳に物理的な損傷でもない限り、大抵のケースでは言葉まで忘れてしまう、着替えや食事などの日常動作まで完全にできなくなってしまう、ということはないようです」

ランプの火を消してもう一度コーヒーをかき混ぜながら、彰の方を見ずにシーニユは淡々と話し続ける。

「それと同じです」

フラスコにゆっくりとコーヒー液が満ちてくるのを、シーニユは真剣そのもののまなざしで見つめている。

「親のことを忘れてしまっても、親から教わった言葉や社会常識は忘れない。つまり、出来事の記憶は失われても、日々の時間の中で学習したこと、成長し変化したことを忘れてしまう訳ではないのです」

シーニユは完全に落ち切ったコーヒーを二重ガラスのグラスに注いで、冷蔵庫から泡立てた生クリームを取り出した。

「御堂さんとここで初めて出会ってから今日《こんにち》に至るまで、わたしは様々な学習をし変化を遂げました。御堂さんの記憶を失っても、その変化が失われる訳ではないのです」

彰は息を呑んで、とてつもなく慎重な手つきで生クリームをコーヒーの上に注いでいるシーニユを見つめる。

いつもと変わらないように聞こえる、淡々とした無感情な喋り方——けれど今度は、「わたし」とはっきり口にした。先刻までのような、こちらを突き放そうとしている態度とは違う、きちんと彼女自身として向き合おうとしている。

「……シーニユ」

かすかな声で名を呼ぶと、クリームを注ぎ切った彼女がふう、と珍しく大きな息を吐いて背筋を伸ばした。

「どうにか、できたと思います」

できあがったそれを見ると、確かに完璧《かんぺき》に漆黒のコーヒーとまろやかに白い生クリームの二層に分かれている。

「ご試飲くださいますか」

カウンターにグラスを置かれて、彰はテーブルから立ち上がった。丸椅子に腰をおろすと、グラスを手に取る。

その指先に何の感触もしないのに、はっと我に返った。

そうだ……今の自分は、宏志の体を借りている。この状態では……味など、判らない。

ごくりと息を呑んでシーニユを見やると、彼女は目の端にわずかにぴりりとした緊張を漂わせてごくごく生真面目にこちらを見ていた。

そうだ、この接続はあくまでイレギュラーな方法で、自分と宏志の神経がどういう風に『パンドラ』とリンクしているか、そんなことはシーニユには説明していない。その上、いつか自分は彼女に「自分といる時は生体データを取らないでくれ」と頼んだ。

だから間違いなく、彼女は知らない。今の自分に、味覚がないことを。

彰はもう一度グラスを持ち直して、そっと唇に近づけた。

ごくり、と一口、中身を飲み下す。

喉が動いた感覚は判った。多分実際に、カプセルの中の自分自身の肉体の喉が動いたのだろう。

けれど口の中には、味どころか、熱さも冷たさも液体が流れ込む感触すらなかった。

「どうでしょうか」

試験や面接を受けている生徒のように深刻な顔つきで、シーニユが尋ねてくる。

「……うん、美味しいよ」

唇の端で微笑んで、彰はそう答えた。

胸の奥では、痛い程の嵐が渦巻いている。

ああ、自分は今、痛切に……この味が、知りたい。

「勿論、マスターの味とは違うけど、でも、……でも、ものすごく、美味しい」

「光栄です」

ほっとした様子でわずかに目尻の下がるシーニユの顔を見ながら、彰は今の体が自分自身のものではないことを猛烈に呪《のろ》った。

コーヒーを飲み切ってしまった後、水音を立ててグラスやサイフォンや泡立て器を洗っているシーニユを彰はじっと見つめた。

さすがにもう、ここを出ていくべき時間だろう、そう思いながら踏ん切りがつかない。

「前回来られた時に、言わなかったことがあります」

と、目線を洗い物に落としたまま、シーニユが口を開いた。

きっ、と音を立てて蛇口を閉めると、洗いざらしの布巾《ふきん》で器具を拭《ふ》きあげていく。

「何故自分や美馬坂さんに協力したのか、そうお尋ねになりましたよね」

「ああ、うん」

その会話を思い出して、彰は話が見えないままうなずく。

あの時は確か、英一を連れてくるまでは「規範」内で彰の希望をかなえる為で、それから後の事故や殺人の隠匿は、『パンドラ』の為につくられた彼女自身の倫理観にそぐわないから協力したのだ、そんなようなことを話していた。そのきっぱりとした、誠実な態度につくづく感銘を受けたものだ。

「あの時の答え、あれがすべてではありません」

きっちりと拭きあげたグラスを明かりにかざして、彼女は目を細める。

その思いもよらない言葉に、彰は目を瞬いた。他に一体、どんな理由があったというのか。

「御堂さんのような方にお会いするのは、初めてだったのです」

「……え？」

グラスに一点の曇りも水滴もないのを確認すると、シーニユは後ろを向いてそれを背後の棚にしまった。

「『パンドラ』のゲストは皆さん、楽しむ為、遊ぶ為に来られています。人工人格はそのサポートをするのが務めです。だから最初、御堂さんという『ゲスト』の為に自分が何をすべきか、思案しました。けれど、どうしてもそれを、御堂さんが何をしたくて『パンドラ』に来ているのかを、摑むことができませんでした」

それは……そうだ、彰は内心で思い、少し申し訳ない気持ちにもなった。ただでさえヒトのサポートが苦手な自覚があったシーニユに、更なる負担をかけていたのか、と。

「御堂さんの目的がはっきりした時に、何か、新しい扉が自分の前に開いた感覚がありました。ヒトがあんなにも強く深く何かを望み、苦しむ姿を、わたしはこの目で初めて見たのです。その欲求、その揺らぎは人工人格にはないもので、これを自分が助けられる、サポートできる可能性がある、という状況は、本当に特別なことだったのです」

だが続いたシーニユの言葉は彰の反省を吹き飛ばすもので、思わず息を吞む。

「この強い望みをかなえる力になりたい、できることがあればこのひとを助けたい、わたし自身がそう思ったから、だから違反となる行動にも躊躇なく動けたのです」

いつもと同じように淡々と語る背中を、彰は目を見張って見つめた。

シーニュはくるりと振り返る。

ほんの少し小首を傾げたその顔は、やはり見慣れた、薄い陶器に似た真っ白な頬に、灰色の瞳にはわずかの揺れもない。

半歩前に踏み出すと、彼女はカウンター越しに片手を差し出した。

「お別れです、御堂さん」

――きゅうっ、と彰の胸が締まった。

ああ、失われるんだ。

何の言葉も出ないまま、その場から一歩も動けないまま、彰はただ穴の開く程、目の前の華奢《きゃしゃ》な指を見つめる。

初めてこの店に来てからシーニュとすごした時間が一瞬の内に脳内を駆け抜けた。

すべてを失って荒れ果てた土地に立つ自分の前に、灯台のようにまっすぐに立ってその先を指さしてくれた姿。一歩一歩変化していく様子に、まるで昔の自分を見るような、皐月との間に生まれていたかもしれない幼い娘を見るような、そんな微笑ましい気持ちにさせられて、すさんだ心が少しだけ癒《い》やされた時間。

それが皆、消えてしまう。

自分はまた……こうやって、失うんだ。

こうやってまた、大事なものを失って諦めるんだ。

皐月、君が……ああ言って、くれたのに。

「御堂さん」

シーニユが辛抱強い声で、もう一度呼びかける。

「……いやだ」

喉の奥から、絞り出すようなかすかな声が出た。

「俺は……もう、いやなんだよ、諦めるのは」

額の裏に一気に血が集まって、鼻の奥がつうんとなる。

目の奥から涙が吹き出しそうになるのを、彰は必死にこらえた。

「御堂さん」

不意にシーニユの声が、ふわりと柔らかくなる。

それにつられるように、彰は顔を上げた。

彼女はまだ片手を差し出したまま、彰をじっと見おろしている。

目線の為に伏せ気味になった瞳はどこかダ・ヴィンチの描く聖母のようだ。

「御堂さんがこの店を出られたら、すぐに美馬坂さんに記憶の書き換えを頼みます」

彰はもう何も言えないまま、無惨に荒れた心を抱えて、あっさりとそう話すシーニユを見つめた。

「先程もお伝えした通り、学んだものは消えません。記憶を書き換えても、そういう意味での損失はないのです」

口元にうっすらと微笑みのような気配さえ漂わせ、しずかに彼女はそう語る。

「それに、すべての条件が、一秒でも早く記憶の書き換えを開始することが最適解である、そう示しています」

そこで一度言葉を切って、彼女は小さく息をついた。

「シーニユ……」

すると彰の目の前で、彼女の顔つきがみるみる変わった。

目元がきゅっと上がって、それに引っ張られるように頬と口角が上がり、肌の内側から輝くような赤みが浮かぶ。

それは確かな「微笑み」で――けれど瞳は、オレンジの明かりをいつもより遥かに反射して、濡れた石畳のようにきらきらと輝きを放って彰をまっすぐに見据えた。

「なのに」

そして唇だけがきびきびと動いて、言葉を紡ぐ。

「なのに、わたしは」

言いかけて、その先を言わずに彼女は一度口をつぐむ。

「……シーニユ」

今までにないその様子に、彰の口からかすれた声がもれた。

シーニユはまた、きゅっと口角を上げてくっきりと微笑んだ。

「知りませんでした」

「えっ?」

「はっきりと解答の見えている『選択』がこんなにも難しいことがあるなんて、今までわたしは、知ることがありませんでした」

彰の目が、また大きく見開かれた。

それを彼女は、微笑みで見返す。

「『迷い』とは……こんなにも、ほろ苦く、苦しく……甘い、ものなのですね」

彰は息もできずに、その姿を食い入るように見つめる。

また涙が、けれど先刻とは種類の違う涙がこぼれそうになるのを、どうにかこうにかこらえた。

あるのだろうか。

失われないものが……残るものが、あるのだろうか、シーニユ。

世界からは一瞬ごとに、あらゆるものが消えていき失われる。

けれどそれでも、諦めなくてもいいのだろうか。

皐月。

君の答えが、聞きたい。

「ありがとうございます」

彼女は出したままの片手を、更に突きつけるように差し出した。

「御堂さんにお会いしなければ、知ることができませんでした」

彰は改めて、その白い手をじっと見た。

「……お礼、言ってもらえるような、覚えが、ないよ」

途切れ途切れにやっとそれだけ言うと、かすかに、本当にかすかに、けれど確かに、くすっ、とシーニユの唇から笑いがもれた。

「わたしには、あるんです」

どこかひどく楽しげな声の響きに、彰は顔を上げる。

シーニユは顔一杯に笑みを浮かべて、彰を見おろしていた。

「わたしには、あります。……ありがとう、御堂さん」

彰は胸の底から大きく息を吐き出して、やっと肩を動かし、その白い手を握った。

手にも指にも何の感触もなかったけれど、彼女が自分の手をきゅっ、と握り返したのがはっきりと目に残る。

一度大きく手を振り、あっけなくぱっと離すとシーニユは背筋を伸ばした。

「シーニユ、頼みがあるんだけど」

その姿に、彰は声をかける。

「はい」

「その……最初にこの店に来た時に座ってた、その椅子に、座ってもらえないかな」

「判りました」

彰の頼みに何の質問もせず、いつもと同じように素早く言葉を返して彼女はカウンターを出た。一番奥の席、入り口側を向いた椅子に腰掛ける。

「あの時みたいに、本を読める?」

「勿論です」

一瞬の躊躇なくそう答えて空中を摑むようにさっと手を一閃《いっせん》させると、その指の中にはもう本があった。

とん、と文庫本をテーブルの上に置いてページを開く。

ふさっ、と豊かな髪が頰にかかって、本を追う目が一瞬で真剣さと生真面目さを帯びた。

うつむきがちになったまぶたから頰に落ちる睫毛《まつげ》の影と、ひたと閉じられた薄い唇。

ずっと見つめてきた、目の前の何かにまっすぐに誠実に向き合う姿。

彰はその姿を、カメラのシャッターのように瞬きの中におさめた。

「……うん、ありがとう」

やっと唇に穏やかな笑みを浮かべて、彰はそう言った。

シーニユは本から目を上げて、どこか面白がっているような顔つきで彰を見返す。

「それじゃ……もう、行くよ」

ぐっと腹の底に力を入れて言うと、彼女は一瞬真面目な顔になり、うなずいた。

「さようなら、御堂さん」

そしてやさしげな笑みを浮かべて、そう告げる。

彰はゆっくりと、丸椅子から降りて立ち上がった。

「また会おう、シーニュ」

しっかりとした口調で言うと、彼女の灰色の目がきゅっと細くなった。

わずかに顎を動かして、うなずく。

「はい。……また、お会いしましょう」

彰は一度大きく深呼吸して軽く頭を下げると、その勢いで体を翻して店内に背を向け、扉へ歩み寄った。

振り返らずに、扉を開く。

そしてそのまま、店の外へと足を踏み出す。

背後で扉が、ぱたりと閉まった。

第六章

証《あか》し

会見からしばらくの日々は、怒濤《どとう》のようだった。

といってもその激しい流れは中心近くにいる筈の彰を綺麗によけていき、そこから抜け出せないのに足元さえ濡れないまま、ただ眺めていることしかできない、そんな日々が続いていた。

それをさびしいような、後ろめたいような気持ちで見守っている彰の気持ちをやわらげてくれたのは、澄子の存在だった。

会見は神崎の家で開くこととなり、彼はその数日前から臨時のヘルパーを雇って澄子には休みを取らせた。更に神崎は、「マスコミの目を避ける為」と、彰を彼女の家で預かるよう頼んだのだ。

それはこの問題に彰を巻き込まない、というだけでなく、澄子を自宅に来させない為だろう、と彰は推察した。マスコミが殺到するだろう神崎の自宅に澄子が現れれば、彼女もそれに巻き込まれるから。

澄子はもともと、夫と男女二人の子供との四人家族だったが、夫は八年前に病気で亡くなっていた。子供二人も既に独立していて、家にはひとりで暮らしている。

神崎の面倒がみられなくなったのと子供達との暮らしを思い出したのか、澄子はまるで小さい子供に接するように彰の世話を焼いた。神崎の家ではどうしても彼にあわせてヘルシーかつ量も少なめなメニューだったのが、彰が自宅に来てからは、連日、食卓に高校生男子が喜ぶようなメニューがずらりと並ぶようになる。

実際のところはもう三十に近い大人だというのに、子供のようにあれやこれやと面倒をみられるのが彰は可笑しく、けれど何とも言えない幸せな心地も覚えていた。澄子のおせっかいぶりはどこか皐月の祖母を思い出させ、それも彰の頬をゆるませた。

多分ここにいるのは一、二週間程だろうけど、この短い間に、自分はかつて得られなかった子供時代をすっかり取り戻せる気がする、そんな風に彰は感じた。自分の中のある部分をすっかり誰かに任せてしまえる、それに何の疑問も不安も感じずにいられる、そのとてつもない安定感。

そんな数日の後、彰は神崎達の会見を、澄子の家で一緒に見た。

ある程度の概要は神崎から聞いていた彼女だったが、詳細を知ったのは無論この時が初めてで、青白い顔をしてハンカチを引き絞るように握りしめながら、無言でじっと画面を見守っていた。

神崎と磯田がひと通りの話を終えた後、その場に清美が現れた。

当初、神崎達は英一や清美については匿名の扱いにする予定だった。事故に遭った青年Aくん、そのお姉さん、といった風に。けれど彼女は、自分の顔と声で語らなければ何の意味もない、とそれをすべてはねのけた。

全員で説得を試みたが、彼女は涼しい顔で受け流した。どこの誰かなんてことは、どうせすぐにマスコミはかぎつける、だったらこそこそしているよりは、最初から正面切って臨んで芯からの謝罪の姿を見せる方がよっぽどいい、と。

薄灰色の色無地を着てきつく髪を結い上げ、殆どノーメイクに見える薄化粧で、彼女は平坦な口調ながら淀みなくはっきりとすべての経緯を事細かに語っていく。

英一や神崎から裏の話をすっかり聞いている彰には最初、清美の説明は「自分だけを悪者にしようとしている」と感じられた。様々なことの責をすべて彼女がかぶろうとしているようで、見ていて胸が痛む。

研究所から渡された英一からの手紙には、「どうせ戻れないのだから金を受け取ることに躊躇する理由がない」と記されていた。この先の旅館のことは全部姉に任せる、これはその為の代金なのだ、と。どうか旅館と、そこで働く人々や家族を守っていってほしい。

その、物事を現実的に処理する態度がいかにも弟らしかった、と彼女は語った。だがそれに乗っかってすべてを隠蔽することに決めたのは、間違いなく自分ひとりの罪だと。

「あたしはそれが全部、弟の口車だと判っていて乗ることにしました。普通に考えたらこんなとんでもない事故を隠して研究を続けるなんてどうかしている、けれど弟だってこう言ってる、これは弟の望みなんだ、そう自分の中で筋道を立てて正当化したんです。これで家族を守るんだ、なんて綺麗事を言って、家族である弟を捨てたんです」

そう淡々とした口調で語っていく清美を見ながら、澄子は涙ぐんでいた。「こんな状況で、こんな若さですべてを背負って、おひとりで頑張ってこられたんですねぇ」と。

それを横目で見ながら、彰は「もしかしてこれは彼女の計算の内なのかも」とも思う。批判されることを承知で自分の姿をさらけ出し、誰のことも悪く言わず罪は全部自分がかぶる。苦労はあえて口にしないで、けれど見ている側には彼女が家族も旅館もすべてをこの細い肩一つで担ってきたんだ、その健気《けなげ》さがはっきりと伝わる。

そもそも英一の事故については百パーセント研究所が悪い訳で、しかもその後、金と権力にものを言わせてずっと口をつぐませてきた上、利益の為に犯罪をも隠して覚醒を妨害していた、という図式もあって、ある意味で間違いなく「金の為に家族を売った」清美達の当時の思惑が見ている側には殆ど感じられない。

成程、これは確かに芯からの商売人だ、そしてやっぱりあの英一の姉だ、と彰はつくづく感心した。旅館を手放す覚悟は間違いなくあった上で、やれるだけのことはすべてやる、そういう決意と胆力を今の清美からは見てとれる。

その目論見《もくろみ》はぴたりと当たり、すべての事情を語り終えた最後に謝罪と共に清美は当分の営業自粛を宣言したが、会見が配信された直後から全国各地より激励と一日も早い営業の再開、そしてその暁にはぜひ泊まりたい、という申し出が殺到したそうだ。

会見で神崎が語った告発に至った経緯からは綺麗に彰の存在が消されていたが、一言、「外部の匿名の協力者が大きな尽力をしてくれた」とさりげなくつけ加えられていた。

会見がまだ続いている間から当然研究所にはマスコミの取材が殺到したが、上層部は完全にそれをシャットアウトした。会見の最中に『パンドラ』は緊急ダウンされ、利用中のゲストは「機械のトラブルで」と全員帰されて、サイトには無期限のメンテナンスの為に利用を中止する旨が記載されているのみとなった。

英一達の件について何も知らないレベルの職員達は、マスコミの取材に一切答えないよう勧告されて全員帰宅させられ、当分の間自宅待機を命じられた。残ったごく少数の者達は、まるで籠城《ろうじょう》するかのように帰宅もせずに東京の施設内にとどまっていた。

井上の父親は会見が終了した時には既に都内某所の病院に急な体調不良で入院しており、長男もそこに付き添って外には出てこなかった。会社の人間は父と長男を除いて本当に息子の犯罪の件について誰も知る者がおらず、社内は大混乱して株価は大暴落した。

そして会見から数日後、ついに警察が捜査に動き出した。

連日あらゆるメディアがこの問題を取り上げ、様々な人々がこぞってこの話題を語り尽くした。その中でいわゆる有識者達が言うには、おそらく神崎はそれ程の罪に問われることはないだろう、との見解だった。

そもそも本当に犯罪行為を含んでいる岡田の件について、彼は一切関わっていなかったし、英一達の件の発端は単なる不測の事故に過ぎない。その後の隠蔽工作は確かに問題だが、それから何年も目覚めさせる為の努力を続けていたことも考慮すると、果たしてこれを刑事罰に問えるかどうか、もしそうなったとしてもおそらく執行猶予は確実につくだろう、とある有名弁護士がテレビで語っているのを見て、彰は澄子と共に胸を撫でおろす。

そして会見から十日と数日が過ぎ、自分が完全にノーマークであることが明確になったので、彰は自宅に戻ることにした。

神崎の自宅の周辺にはまだちらほらとマスコミがうろついていたので、とりあえずの挨拶をトークで済ませる。

モニタの中の神崎は連日のマスコミや警察への対応のせいか少し疲れている様子だったが、目にはしっかりとした輝きがあった。澄子がそろそろ仕事に戻りたい、と言っていることを伝えると、わずかに渋りながらもどこかほっとしたような表情をにじませる。

一度自宅に戻ろうと思う、彰がそう伝えると神崎はうなずいた。彰のことは警察にも話さなかったそうで、今の状況なら帰宅しても何の問題もないだろう、と。

「都市や『パンドラ』の管理維持については、一般の職員が施設に戻って行っているそうだ。磯田くんもそろそろ警察やマスコミから解放されそうだから、所に戻って状況を確認したい、と言っていた。磯田くんが現状を確認したら、自分も一度研究所に行こうと思う。その時には御堂くんにも声をかけるから、ぜひ同行してほしい」

「はい、お願いします」

彰は小さくうなずく。きっとその時には『パンドラ』や都市に入れるのだろう。

「今回の告発にこぎつけられたのは本当に君の存在あってこそだ。本来なら英雄として表に出るのは君だったのに、それを無理矢理取り上げてしまってすまない」

「いえ、そんなことは」

真面目に頭を下げる神崎に、彰は苦笑して片手を振った。

「そもそもそういう柄じゃないですし。それによく考えてみたら、会社には病気の名目で休暇届を出してますから、僕が表舞台に出たりしたらお前一体何やってたんだ、て話になっちゃいますし」

「……仕事に、戻れそうかね」

ふっとまなざしを和らげて尋ねられ、彰は一瞬間をおいてから「多分」と曖昧な答えを返した。

いや、きっと、戻れるだろうとは思う。

多分いつだって、自分は戻れたのだ。

ただ頭を虚無にひたしたまま日々のルーティンをこなすだけ、それならきっと、あの残暑の日からでもいつだって自分には可能だった。もしそうしていたらある日突然、車の前に身を投げ出したり、よく切れるナイフで頸動脈《けいどうみゃく》をさくっと切りつけたりすることになっただろうが。

今はもうあの頃の自分とは違う。

けれど何もかも吹っ切れて前だけ見て進めるのかというと、それも違う気がする。

「そうかね」

特に深くその話には突っ込んでこようとせず、神崎はわずかに目を細め短く言ってうなずいた。

「研究所に通うようになったら、うちに来るマスコミも減るだろう。そうなったらまたいつでも遊びに来るといい」

そして思いもよらない言葉をかけられ、彰は軽く瞬きをする。

「スミさんが君のことを本当に気に入ってね。息子が帰ってきたみたいだ、とずいぶん喜んでいた。あんな嬉しそうな顔を見るのは珍しいから、君さえ良ければ時々顔を見せてやってほしい」

「……はい。ありがとう、ございます」

そうだ、英一達だけじゃない、ここにもこうして、また新しい繫がりができた。

彰は胸に熱いものが満ちてくるのを感じながら、深々と頭を下げた。


ものすごく久しぶりに、電車に乗った。

その日は気持ちよくからりと晴れた暖かい気候で、扉の脇に立って流れる景色を眺めながら、彰はぼんやりと「病院とか刑務所とか、何らかの施設に長いことといた後の感覚ってこんな感じなのかも」と思う。

急に解き放たれたカゴの中の鳥のようで、どこにでも自由に行っていいのに、足元がふわふわしてどこかしら不安だ。

それをずっしりと引き止めているのが肩にかけたバッグの重さだった。今朝澄子が「返さなくてもいいから」といくつもの容器に詰めた大量のお惣菜《そうざい》を持たせてくれたのだ。

その重たさが、人混みの中でふっとひどく頼りなくなる気持ちを安心させてくれる。

窓からの景色がだんだん見慣れたものに変わってきたのも、彰をほっとさせた。

そうだ、帰る前に一度宏志の家に顔を出しに行こう。

自宅の最寄り駅まであと数駅となって、彰はたとそう思いつく。今日帰宅することは言っていなかったし、澄子の家に移ってからは宏志や満ちるとは殆ど話せていない。あれこれと彰を構いたがる澄子の隣で、あまり長話をするのも気がひけたのだ。

彰はぐい、と肩にバッグをかけ直して、開いた扉からホームへと歩み出た。

到着したのはちょうど昼営業の終わった直後で、彰は少し考えてから普通に店の入り口から入ることにした。

がらり、と戸を開けると、厨房からカウンター越しにひょい、と顔を出した宏志の目が、彰の姿をとらえてまん丸になる。

「御堂？　……お前、大丈夫なのか。出てきていいのか」

心配そうに尋ねる宏志に、「うん」と軽くうなずいてみせる。

「いるよね？」

満ちるが、というのを省略して上を指さして聞くと、宏志も「うん」とうなずく。

「判った、じゃ上に行くよ」

彰はそう言ってぽん、と軽く宏志の腕を叩いて店の奥へと入っていった。

一階の居間の隅にバッグを置かせてもらうと、二階へと上がる。二階は宏志の部屋と両親の部屋があって、満ちるは夜は一階で寝ているが、昼間はうっかりお客さんに見られたりしないよう、店の営業時間は二階のどちらかの部屋にいることが多いらしい。

宏志の部屋のドアをこんこん、と軽く叩いてみると、中から小さく「はい」と声がした。

「御堂です。久しぶり」

そう声をかけると「え、えっ？」とひっくり返ったような声と同時にガタガタ、と音がして、それからがちゃり、と勢いよく扉が開いた。

「御堂さん……！」

丸い目を更に丸くして自分を見上げる満ちるに、彰はくすっと笑みをもらした。

「ど、どうしたんですか。もう大丈夫なんですか」

つっかえながらも早口で尋ねる彼女に、彰はうなずく。

「うん。会見、見たよね。僕はすっかり無関係、てことに上手くしてもらったし、ああして全部さらされちゃった以上、今更僕や君に研究所がどうこうする必要もないし。そもそもそれどころじゃないだろうけど」

「ああ……あ、どうぞ」

毒気を抜かれたような顔で立ち尽くしていた満ちるは、はたと我に返って体をずらして部屋の中に彰を招き入れた。

彰は満ちるを椅子に座らせて、自分は部屋の真ん中であぐらをかく。

「だから満ちるちゃんも、ある程度実家の方が落ち着いたら、一度帰ってもいいんじゃないかな。マスコミがいなくなるまではこっちにいてほしい、てお姉さん言ってたけど」

そして深く考えずにさらっと言うと、満ちるは真顔になって黙り込んだ。

その顔に彰は、あ、と頭をそらせる。ついあっさりと「姉」の話を口にしてしまった。

「……あれから、お姉さんと話した？」

慎重に聞くと、満ちるは目を伏せて「いいえ」と首を横に振った。

「義兄さんからは一度話してみたら、て勧められたんですけど。でも、どうしても……まだ、整理が、つかなくて」

言いにくそうにぼそぼそと呟いて、一度言葉を切る。

「御堂さんに兄の事故の話を聞いた後は、とにかく腹が立って、今姉と話したらきっとめちゃめちゃに責めてしまう、ううん、罵《ののし》ってしまう、そう思ってて。会見を見ていても、何なのこの人、綺麗事ばっかり、て腹が立って……でも」

膝の上で指を握り込むように手を組み、満ちるはきゅっと口元を引き締めた。

「でも……わたしは今まで一度も、この人の努力を、認めたことがなかったな、って、そんな風にも思えて。やり方は間違ってたと思うんです、でも、それでもきっと、姉はあれが自分にできる最高のことだと考えて実行したんだろうし、姉がそうすることを兄は理解していたんだろうな、と」

満ちるはわずかに顔を歪めて、長く息を吐く。

「結局、わたしは子供で、だからずっとカヤの外に置かれてて……わたしの知らないところで兄と姉は、わたしを守る為にいろんなことをして、今がその結果で。だからわたしはそれを受け入れなくちゃいけない、そうは思うんですけど、でもやっぱりどうしようもなく腹も立って」

「うん。判るよ」

彰は満ちるを見上げながら、できるだけ優しく声をかけた。

「宏志も言ってたでしょ？　今決めなくてもいい、って。今はまだ、お兄さんとお姉さん、どっちにも気持ちが混乱してるだろうから、最終的にどうしたいか、なんてまだ決めなくてもいいよ」

「……はい」

ごくごくかすかな微笑みを浮かべてうなずく満ちるを見て、彰はほっと内心で胸を撫でおろした。

「御堂？　満ちるちゃん？　入るぞ」

と、外からノックの音がするやいなや扉がぱたんと開いて、カップをのせたお盆を持った宏志が顔を出す。

「はい、コーヒー」

言いながらお盆を差し出してくるのに、彰は「ありがとう」とカップを受け取る。

「お昼終わったのなら、片付けとお掃除、手伝ってきます」

満ちるはカップを受け取らずにさっと立ち上がると、

「御堂さん、ありがとうございました」

と頭を一度深々と下げ、素早く部屋を出ていった。

「……なんて言ってた？」

お盆を机に置いて、満ちるが座っていた椅子に座ると、宏志は心配そうに閉まった扉の方を見やる。

彰はカップを持ったまま宏志のベッドに座り直して、満ちるの言葉を伝えた。

「まあ……そりゃ、仕方ないよな。だって、七年だぜ？　七年ずっと、兄貴は死んだと思い続けてて、でも実は生きてて、しかも姉貴が金を受け取ってそれを隠してたって、そんな話、いきなり呑み込め、て方が無理だろ」

「確かにね」

彰はうなずき、コーヒーを口に含んだ。

その味に、ふっと記憶が甦る。

「……宏志、会見の前に『パンドラ』入ってもらった時のこと覚えてる？　コーヒーの味、しなかったか」

「コーヒー？」

オウム返しに言葉尻を上げて、宏志は一瞬、手の中のカップに目を落とした。

「……あ、ああー、うん、言われてみれば。なんか、甘いヤツ、クリームみたいな」

「そう、それ、どんな味だった？　美味かった？」

彰は勢いづいて少し前のめりになる。

「えー……俺、普段、コーヒー甘くしないからなあ……うん、まあ、でも、美味かった、と思うよ。こんなにちゃんとコーヒーの味するんだ、てびっくりしたもん」

「……そっか」

ふっと唇の端に笑みを浮かべて、彰はカップのコーヒーに映る自分の顔を見つめた。

美味しかったってさ、シーニュ。

「どうした、御堂」

怪訝そうに聞いてくる宏志に、彰は「いや」と笑って首を振った。

「普段つくらないひとが淹れてくれたから。味、気にしてたんだ」

「ふうん？」

宏志はまだ不審そうな顔をしながらもうなずいて、それから、あ、という顔になる。

「そういや、宮原から連絡あったぞ」

久しぶりに聞いた名前に、彰は顔を上げた。

「会見見た、って。今はまた中国にいるそうなんだけど。ものすごい興奮してたよ」

想像するとちょっと可笑しくて、彰はくすっと笑った。まあでも、きっと何年も何年もずっとひっかかっていたのであろう英一の件が判って、それも生きていたと知って、彼がどれだけ嬉しかったろうと思うと自分のことのように嬉しい。

「それで、例の出資者に『パンドラ』の話したら、金出してもいい、て言ってるって」

「へえ？」

話が思ってもみないところにいって、彰の声がひっくり返る。

「今はそんな大それたことやらかした後だからそれどころじゃないだろうけど、将来的に医療とか娯楽とかで充分収益が得られるシステムなんじゃないか、てさ。だったら誰も手をつけたがらない今の内に、自分が出資者としてある程度の権利を握れれば、て思ってるらしい」

「それは……神崎先生に話したら、興味持ちそうだ」

彰は真顔になってうなずいた。国からの補助金、多数の企業からの寄付金、『パンドラ』の稼ぎで成り立っていた研究所が今後どうやって資金を得るか、そこは悩みの種の一つだと神崎は言っていた。

「だろ？ だからお前にその辺に渡りをつけてほしい、て宮原が」

「え、俺？ なんで？」

「タイミング的に考えて、あの先生の言ってた『外部の匿名の協力者』ってお前だとしか思えない、てさ。あいつ一応それなりの人に見込まれただけあって、いい勘してる」

「確かに。すごいな」

彰は素直に感心してうなずく。

「次に帰国する時また連絡する、て言ってたから、そしたら伝えるよ。いいよな?」

「うん、勿論」

彰はもう一度うなずいて、コーヒーを飲み干した。


宏志の店を出ると、もう一度重いバッグを肩にかけて、彰は家に帰った。

「……ただいま」

誰もいないことは当然判っていて、けれどさすがに二ヵ月近く放置していた家そのものに何も声をかけないのも悪い気がして、小さく声に出して言いながら靴を脱いだ。

中はしん、と静まり返って、隙間なくカーテンが閉められた薄暗い部屋は隅までぴっちりと冷えている。

けれど何故だか、ほっとした。

今はもう自分だけの家だけれど、それでもやっぱり家は家だ。誰かと話せたり食事をしたり面倒をみてもらえたとしても、他人の家とは気持ちが違う。

何とも言えない落ち着きを感じながら彰はキッチンへと移動して、バッグの中身を次から次へと冷蔵庫に詰めた。ビジネスホテルに行く前に調味料関係を残して後は殆ど捨ててしまって、ほぼ空っぽだった冷蔵庫の中があっという間に一杯になる。

その眺めにふっと笑みをもらしながら、彰はコーヒーを淹れた。

ソファに座るとテーブルの端に放ったまんまの携端が目に入ったが、きっと凄《すさ》まじい数の未読メールがたまっているのだろうと思うと何とも面倒な気がして目をそらす。それでも一応リモコンは耳につけて、けれど連絡系の機能はすべて無視して音楽をかけてみた。特に曲は選ばず始めさせたのに、最初に流れてきたのは『韃靼人《だったんじん》の踊り』だった。

それはオペラの原曲やオーケストラ曲ではなく女性のアカペラでアレンジされたもので、いつか皐月が奏《かな》でていたあの有名な主旋律が、澄んだ声に乗って柔らかい大きな布のようにふわりと広がって全身にかぶさってくる。

……ああ、帰ってきたな。

自分ひとりしかいない家、そこに流れる思い出の深い曲、それはかつての自分には堪え難い痛みと喪失が突き刺さるだけのものだった。なのに、今はひどく安らいだ、馴染んだ服を身につけたような心持ちがする。

ここが自分の居場所だ、そう強く思う。ここが、自分の帰るべき場所なんだ。

それは勿論、他人の家に長居したことで自分が意識する以上に神経がすり減っていたから、というのが大きいと思う。ずっと無意識に気を張っていたのだろう。

けれど落ち着く理由は、それだけじゃない。

カップの底を無意識に指でなぞりながら、彰はゆっくりと室内に目をすべらせた。

壁にかけられた小さな海の絵は、結婚した時に皐月の古い友人でイラストレーターをしている女性が贈ってくれたもの。テレビ台は彰がもともと使っていた濃茶の木製のものを持ってきて、それに合った色のローテーブルを置きたい、と皐月があれこれ探し回っていた。テーブルの下の草色の毛足の長いラグマットは皐月の両親からの結婚祝いだ。

座っているこのソファ、これは決めるのになかなか苦労した。座り心地、色、サイズ、予算、どれにもお互いの好みがあって、何軒も店を回っては議論しあったものだ。

今こうして使っているカップ、これは新居、つまりこの家に越す時にせっかくだから、と揃いで買ったもの。これから少しずつ揃いの物を買おうね、とこのカップを最初に、少しずつ少しずつ、お皿やお碗《わん》、ちょっとだけ良いものをその都度買い揃えてきた。

彰はもう一度、部屋の中をゆっくりと、ひとつひとつ確かめるように目を走らせる。

それぞれの歴史、ふたりで暮らすことを決めてからの時間、その中でだんだんと足されたり引かれたりしながら今のこの場所がある。

ここのすべては、自分と皐月、ふたりでつくりあげた空間なのだ。だからこんなにも、魂がしっくりくる。

たとえ皐月そのひとが、今ここにいなくても。

自分の幻想を映し出す為の仮想の皐月が、ここにいなくても。

こうしてこの場所にいると、はっきりと彼女の時間が、彼女の人生が、その魂がすぐ隣にいて自分と同じように息づいていると感じる。

……良かった。ちゃんと、いたんだ、ここに。

彰はカップを置いて、ソファに深く沈み込む。

確かにあったんだ、ここに。

記憶を失っても変化が失われる訳ではない、そう言ったシーニュの言葉を思い出す。

多分、それと同じだ。

皐月の存在、そのものは失われてしまった。けれど彼女が自分に与えてくれたたくさんの変化は、彼女と共に培ってきたすべては、決して失われない。こうしてちゃんと、自分の傍にある。

自分には何にもない、そう思って生きてきた。あの火事の日、皐月にそう言ったように。

失くすのが怖かったから。

父と母のように、すべてが消えてなくなることが怖かったから、だったら何も手に入れないで生きよう、そう思っていた。大事なものも綺麗なものも、何一つつくらない。すべてを諦め、何も求めない、誰の目にもとまらない、そんな風に生きよう、と。

けれどどうしてもどうしても我慢できなくて、皐月を欲しい、共に生きたい、そう強く願った。

なのにそれも奪われた。

また失った、すべてが消え去った、自分の中は空っぽの底なし穴だ。

そう、思っていた。

天井から下がっている木製フレームのシーリングライトを見つめて、彰は目を閉じる。

あれは、皐月がひとり暮らしを始めて最初の誕生日にバイト代で自分で自分に買った、そう話していた品。

……ああ、あったんだ、ここに。

閉じたままの彰の目の端から、つうっと涙が流れて落ちる。

消えてない。なくなってなんかいない。ちゃんとあったし、今もある。

今も全部ここに、そして自分の中に、ちゃんと在る。

シーニユ、君が正しい。

いなくなることは魂が引き裂かれるように辛い、喪失は底なし沼のように深い、けれど……残り続けるものが、確かにこの世には在るのだ。彼女と自分とが同じ時間を生きた、その証しが。

君が正しいよ、シーニユ。

閉じた目の裏に、最後に見た彼女の笑顔が、そのきゅっと細まった目の奥の灰色の瞳に何かがきら、と輝いた姿が、さっと現れて消えた。

『パンドラ』の底に

研究所に着いた彰を、神崎と彼の車椅子を押す磯田とが出迎えた。

「お久しぶりです。神崎先生、お元気そうで良かった」

車椅子にこそ座っているものの、神崎は前にモニタ越しに会話した時よりずいぶんと顔色が明るくなり、棒のようだった腕や、白衣の袖口から覗く手も少し肉付きが良くなっていることに、彰は心から安堵した。

「この間の検査では、いろいろな数値がずいぶん良くなられてましてね。わたしが思うに、あと何十年だって長生きされますよ、神崎さん」

先に立ってエレベーターに向かいながら、磯田は嬉しそうに言った。

「じゃ、澄子さんにもまだまだ頑張ってもらわないといけませんね」

「ええ、それはもうね。ご自宅は遠いですから、神崎さん、今は近くのマンションを借りられてるんです。彼女、住み込みで来てくださってて、毎日わたしの分もお弁当をつくってくれててね。ちょくちょく夕飯に呼んでくださったりもするんですよ」

「へえ、いいですね」

「おかげでここ近年で一番、充実した食生活を送らせてもらってます。今回の件で最大の役得ですね」

そう言って本当に芯から楽しげに笑う磯田を見て、彰はほっと気持ちが和むのを感じた。まだ数年とはいえ、それなりに気持ちを込めて取り組んでいただろう仕事の場がこんなことになって、それを毎日目《ま》の当たりにするのは辛いのではと心配していたのだ。

「そうそう、君の友人が紹介してくれた投資会社の役員の方だが、今度直接会って話をすることになった。実際的な話は専門の担当と詰めてもらうことになるが、おそらくそれなりの出資はしてもらえそうだ」

と、車椅子からそう神崎の声がして、彰はそちらに顔を向けた。

「我々の今後の最大の懸念は資金源だったからね。今回のことは何から何まで君の世話になりっ放しだ」

「いえ、そんな」

「神崎さんの言う通りです」

謙遜《けんそん》する彰に、磯田も首を振ってきっぱりと言い返す。

「ここは本当に、大変なことになりましたが……こうして一からやり直すきっかけを、あなたがくれましたからねえ。でなければいつまでもここは、ぐずぐずとどうしようもない泥の中を歩き続けるだけでしたよ」

エレベーターを降りながら、磯田はしみじみと言う。

「なんといっても、美馬坂さんがご家族と再会できる場を用意できることになったのは、本当に、御堂さんのおかげですからね。皆……一言では表せない感謝を、あなたにしているんですよ」

大きな窓から射す陽光を受けながら廊下を進む磯田の噛みしめるような口ぶりに、彰は黙ってただうなずいた。口先だけで謙遜するより、しっかりと受け止めたい、そう感じたのだ。

「そういえば、御堂くん、美馬坂くんに会うかね?」

と、神崎がふっと顔を上げてそう問うてくる。

そもそも今日は都市に入れるから、ということで呼んでもらったのでは、そう思って彰は首を傾げる。

「本当の、美馬坂くんだよ」

続いた言葉に更にきょとんとすると、神崎はわずかに苦い笑みを浮かべた。

「伊豆《いず》の施設から運んできたんだ。彼の肉体は、この先にある。勿論、今もまだ眠ったままだが」

そう言って細い指で廊下の奥を指すのに、彰は思わず足が止まってしまう程の衝撃を覚えた。

今、この場所に、あるのか……彼の、体が。

あれから七年間、眠ったまま歳をとった、その肉体が。

「御堂くん？」

怪訝そうに自分を見る二人に、彰は小さく首を振ってまた足を動かす。

「はい。……ええ、あの、でも……今は、やめておきます」

もう一度首を振って、彰ははっきりと答えた。

「目覚めた時に……今の彼の体に、今の彼の心が入っている状態で、会いたいので」

自分が一度も見たことのない「ナマ」の英一の姿、しかも七年分歳をとっている、それを彼本人が見ていないのに先に見てしまうのは、英一に対して何となく申し訳ない、悪いことのように感じたのだ。

「……そうか。それなら、ますます頑張らないといけないな」

神崎は一つうなずいた。

「そうですね。まだまだ、弱られてる場合じゃありませんよ、神崎さん」

磯田が笑ってそう言って、軽く神崎の肩を叩いた。


——眩しい。

さんさんと射す日光の下に立って、彰は思わず目を細めて天を仰いだ。

頭上には本物と同じ、直視できない明るさで太陽が光っている。

すっきりと晴れた青い空のあちこちに、薄い雲がいくつか見える。

ゆっくり目線をおろして辺りを見回すと、そこは広々とした公園だった。

海外でよく見かけるような広々としたそこには、遊具などはないけれどあちこちに木が生え、地面はゆるやかに隆起していて、芝生の間を縫うように細い道がある。芝生には何組かの人がいて、散歩をしたりシートを敷いて寝転んだりもしていて、そのあまりの「普通の日常」の光景に彰は驚きをもって周囲を見渡した。

無論、仮想空間がどれ程リアルかというのは『パンドラ』で経験済みだ。でもあれは、建物やそこにいる人々がリアルでも、よくできたテーマパークのようにどこか非日常感がある空間だった。ナイトゾーンだから、というのもあるのかもしれないが。

けれど今日の前にあるこの光景は、本当に、街を歩いて角を曲がればどこにでもあるような眺めだった。

かつての実験の時の都市を思い出して、つくづくと感心する。ここなら本当に、睡眠や誤認の問題をクリアすれば、長期間の滞在も全く問題はなさそうだ。

「御堂くん！」

と、遠くから高い声がして、彰は辺りを見渡した。

「こっち！」

見ると、丘のふもとを回り込んで、背の高い青年が手を振りながら近づいてくる。

自分も歩み寄ろうとしかかったのを忘れて、彰は立ち尽くして相手を見つめた。

ああ……美馬坂くん、だ。

にこにこと笑う細い目に、遥か昔に仮想都市内で出会った時のことを思い出す。

だがあの時の、まだリアルさに欠ける見た目と違い、今の英一は本当に現実世界で現実の相手と会っているとしか思えない。とはいえ、その体はいかにも学生らしい、若々しい姿だけれど。

そうか、これが二十歳の美馬坂くんの、顔なんだ。

彰は感動すら覚えながら、目の前にやってきた相手を見つめた。

「久しぶり。どうしたの、目丸くして」

笑みを残した瞳で尋ねてくるのに、「この姿見るの、七年ぶりだから」と言うと、英一は声を上げて笑った。

「そういや、そうだ。ずっとマスターの体だったもんね」

自分の長い手脚を見やって、軽くうなずく。

「よし、握手しよう、握手」

続けてそう言うと有無を言わさず彰の手を取って、軽く一度、ぶん、と振る。いかにも器用そうな指の長い手の感触に、胸がじんとした。

「あ、ナマの体、見た？　今東京にあるんだよね？」

そして屈託なくそう聞かれて、彰は急に緊張した。

「ううん」とだけ言って小さく首を振ると、「そうかあ」とやはり明るく答える。

「体は老《ふ》けてんだよね、きっと。見たいような見たくないような」

肩をすくめて、英一はふっと笑った。

「映像とか写真とかで見せてもらってもいいんだけど、今はまだ止められてて」

「え、どうして？」

本人が希望するなら構わないのでは、と思って聞くと、英一はまた肩をすくめる。

「ショック受けるかもしれないから、って。そういうの、現実との齟齬《そご》を実感として受け止める、っていうのは、きっちり準備が整った後で覚醒実験として行いたいんだってさ」

成程、と彰は大きくうなずいた。

「実際に実感したタイミングで上手く覚醒に持っていけないと、その実感にすら『馴れ』ちゃって目覚めへのプッシュにならないと困るから、って。だから僕、満ちるにもまだ会えてないんだよ」

「え、そうなんだ」

驚く彰にうなずいて、「ちょっと歩こうよ」と先に立って歩き出す。

「まあそれは、満ちるの方もまだ落ち着き切ってないからなんだけど……帰った後の話、聞いてる？」

「ああ、うん」

英一の問いに、彰はわずかに口ごもり気味に答える。

彰が自宅に帰ってから少しして、満ちるもやっと、実家に戻ることになった。けれど、マスコミ対策と、まだ本人が姉と母とは一緒にいられないようで、自宅ではなく母方の祖父母の家でしばらく暮らすことになったのだそうだ。

密に連絡を取っているらしい宏志の話によると、地元に戻って家族と近くなった分、精神的な不安定さが増したようで、今は祖父母の家からカウンセリングに通って四月からの復学を目指しているらしい。

「旅館とか、母や姉にちょっと顔を合わせたのに、揺り戻しが来たみたいで……一度は受け入れた僕の生存のこととか、いつ出られるかはまだ全然判らないこととか、そういうのが一気にこたえたらしくて。こっちの準備もだけど、あの子自身も、まだ会える状態じゃないみたいだ」

時に爆発しながらも、基本的には気丈にふるまっていた満ちるの姿が思い出されて、彰は胸が痛むのを感じた。多分、彼女の心の中の兄に関する部分は、今もまだ幼い少女のままなのだ。

「それに、実験にも先立つものがいるしね。成功しちゃって僕が目覚めたら、それはそれで、リハビリとか何とか、あれこれお金がかかっちゃうし。今は全然、資金源がないからさ。維持するだけで精一杯みたい」

「ああ、それ、神崎先生達も言ってた」

「聞いたよ。宮原くんの起業に投資してくれてる人が、こっちにも関心持ってくれてるんだって?」

「そうそう。つい先刻、出資見込めそうだって先生が言ってた」

「有り難いよねぇ」

英一はひときわしみじみと言いながら、空を仰いだ。

「宮原くんがいなかったら、御堂くんが僕に会いに来てくれることもなかった訳だから。ほんと、何がどこでどう繋がるか、判らないもんだよね」

「言えてる」

噛みしめるように話す英一に、彰も深くうなずく。

「そっか、じゃ、出資決まりそうなら、実験も開始できるのかな。まあ、満ちるには本人が落ち着かないと会えないけど、姉さんとか、できるなら宮原くんにも会いたいな。お礼を言いたいし」

「お姉さん、まだ会ってないんだ」

「ん。音声だけで話はしたけどね。あ、会見も見たよ」

そう言うと英一は、何故か可笑しそうに歯を見せて笑った。

「なんかもう、我が姉ながら、ほんと、やるな、って。したたかだよね、あの人」

と朗らかに言われて、うなずくべきか否定すべきか咄嗟に決められず、彰は曖昧に首を傾げるにとどめる。

「やっぱりすごいよ。真の商売人だ。強欲なのに、見切りつけたら一瞬で全部捨てちゃえる。経営者の鑑だよ。ほんと、あの人で良かった」

褒めてるのかどうなのかよく判らないことを楽しげに語っていた英一の眉が、一瞬だけ曇る。

「……でも、痩せてたな、ずいぶん」

そして小さくぽつりと呟くのに、彰ははっとなって隣の相手を見た。

「僕は結局、あの人の強さに何もかも任せて、頼りきりだったから。お金はその代償として、姉が受け取る権利があるものだったと思ってる。でも、僕のそういう考え方も、彼女にとってはハードだったのかな」

英一は独り言のように口の奥の方で喋って、足を止め軽く伸びをする。

「ま、何もかもこれからだよね。今考えたって仕方がないし。まずは足場固めて、実験再開してもらって、絶対に覚醒して……全部、それからだ」

口調をいつものからっと明るいものに戻して英一はそう言うと、ふっと彰に微笑みかけて、道沿いのベンチに近寄り腰をおろした。

彰が隣に座ろうとすると、片手を上げてそれを止める。

腰をかがめかけていたのをやめて、きょとんと見ると、英一は笑顔のまま、上げた手でつい、と彰の背後を指さしてみせる。

「なに?」

背を伸ばして振り返ると、ゆるやかな丘の上に生えた木の隣に誰かが立っている。

彰の唇が、小さく開かれた。

——シーニユ。

「待ってるから。話してきなよ」

そう英一に軽く背中を押されて、彰は歩き出した。


だんだんと近づくその姿が、何故だかやけに眩しい。

見慣れたいつもの姿なのに、まるで別人に見える。

目を細めながら、彰ははたと気がついた。

そうだ、初めてなんだ……陽の光の下で、彼女の姿を、見るのは。

黒髪をふちどるように、光が透けている。

つるつるに白かった頬が、ほんのりとあたたかみを帯びている。

青白い街灯や店のオレンジがかった照明の下で見ていた、ひっそりとした月明かりの下で咲く花に似た姿がこうしてさんさんと明るい陽の光に包まれているのは、ひどく奇妙で、でも何故か幸せな気持ちがした。

歩み寄る彰に彼女も一歩、前に出て目の前に立つと、深々と丁寧に頭を下げてくる。

……ああ、そうか。

その仕草と顔つきに漂う雰囲気で、判った。

無論、彼女は最後の最後まで丁寧な態度を崩さなかった。けれど会う度、少しずつ少しずつ、彼女の中の何かがこちらに向かって開かれてくるのが感じられた。

でも目の前の相手に、それはない。本当にただ「ゲスト」に対峙する時の丁寧さだ。

「……久しぶり、シーニユ。良かった、元気そうで」

何とも言えないもの寂しさと、それでもこうしてまた再び会えたことの嬉しさが入り混じる、複雑な気持ちで彰は彼女の前に立った。

「お会いするのはこれが二度目です。わたしの記憶では」

だがもう一度頭を下げてそう言った彼女に、はっとなる。

――わたし。

「ですが、美馬坂さんにお話は聞いています。最初にお会いした後からどういう経緯でそうなったのかは存じ上げませんが、わたしとマスターが御堂さんに協力し、お二人が『パンドラ』で会うようになったと」

何のてらいもなくあっさりとその一人称を口にする彼女の姿に、彰は胸が熱くなった。

「うん。君がいなかったら、美馬坂くんはずっとここに閉じ込められたままだった。何もかも、君とマスターのおかげだよ。本当に、ありがとう」

そう言うと彼女は、見慣れたあの無表情で小首を傾げる。

「美馬坂さんを探す発案をされたのも、死亡の件に疑いを持たれたのも御堂さんでしょう。人工人格は、ヒトの手助けをするのが仕事ですから」

彰はうなずき、一瞬目を伏せる。

「うん……でも君は、『手助け』以上のことを、俺にしてくれたんだ」

そう言うと彼女の瞳が、わずかに大きくなった。

――記憶を失っても、その変化が失われる訳ではないのです。

その灰色の目に、最後に会った時の彼女の言葉を思い出す。

彼女が皐月の事故の犯人に対して怒ってくれたこと。事故から暗く荒れ果てた枯野のようになった自分の心を、丸ごと受け止めて、肯定してくれたこと。いつもまっすぐに、正面から自分の話を受け止めてくれたこと。

そうやってずっと自分の心に寄り添ってくれる優しさがありながら、彼女自身は自分を「つくられたもの」と見なして、自然な感情を認めずヒトとしてふるまうことをとことん拒んでつくりものの笑顔で働いていた、それが会う度にじわじわと変わっていったこと。

少しずつ少しずつ、彼女だけでなく自分も共に変化していった、かけがえのない時間。

あの出来事は皆、もう彼女の記憶にはない。

けれど今目の前にいる彼女は、明らかに目の光が違う。

「ですがわたしにはその記憶はありません。最終的に状況が危うくなり、わたしの記憶を書き換えることでそれに対処した、と美馬坂さんからうかがいました」

「うん、そう。だから……それはもう、俺の記憶にしか、ない話なんだけどね」

一つ一つ、きちんと確認を取っていく彼女に、彰はうっすらと微笑んでうなずいた。懐かしい、律儀さだ。

「それでも君に、お礼を言いたかった。きっと君は『そんなことを言われる覚えはない』

て言うんだろうけど。でも、俺の記憶には確かに、あるんだよ」

するとシーニユは、目の前でしばらく考え込んだ。

その、言葉を発するまでにかなりの間をおく姿も最後の頃まで殆ど見られなかったもので、彰は改めてはっとする。

「わたしには勿論、御堂さんにお会いする以前の記憶があります」

こちらに目は合わせず、彰の胸元の辺りを見つめながら彼女は口を開く。

「そして、その頃の自分と、今の自分とが明らかに違うことが判ります」

思わず目を見張った彰に、彼女は顔を上げる。

「初めてお会いしてから今日まで、美馬坂さんがその場にいなかった時に御堂さんとわたしの間にどんな出来事があったのか、それは存じません。ですが、その時間の中にあった何かが、わたしをこのように変えたのだ、ということは判ります」

まっすぐに見上げてくるその瞳が、ふっと柔らかみを帯びた。

「それをもう、体験として知覚できないことが……わたしには、とても、口惜《くちお》しく思われます」

古めかしい言い方でそんな言葉を述べながらも、彼女の口元にはほんのりと笑みの気配が漂っていた。

すっと指を伸ばして、彰の胸元の手前ほんのわずかのところで止める。

「どうにかしてそれを、取り戻せたらいいのに」

聞き取れない程にかすかな声で言って、また薄く微笑む。

「失くした記憶を……きっとわたしは、自分が存在する限り、ずっと、惜しみ続けるでしょう」

──シーニユ。

唇を開いてその名を呼ぼうとしたけれど、胸が詰まって声にならない。

彰は小刻みに息を吸い込んで、目の奥から圧をかけてくる熱を何とかこらえた。

自分もだ。

自分も、彼女がそれを失くしてしまったことが、本当に口惜しく、そしてさみしい。

けれど彼女の中に残った変化が、たまらなく眩しくて嬉しい。

「……君の名前について、教えてくれたひとがいるんだ」

やっとそう言葉を押し出すと、彼女は指をおろして表情を浮かべず首を傾げる。

「『シーニユ』っていうのは……ヒトの人生に顕われて真実と生きる力を与えていく『しるし』なんだ、って」

そう続けると、彼女はひどくゆっくりと灰色の瞳を瞬かせた。

「俺の記憶の中で、君はいつも、俺の前に灯台みたいにすっくと立ってまっすぐに進む先を指さしてくれた」

彰はその瞳に向かって、ほんのりと微笑みかける。

「君は間違いなく、俺にとっての『しるし』だよ。……ありがとう、シーニユ」

目の前で薄い唇がうっすらと開かれて、震える。

小さく頭を下げると、彼女はふっと目を伏せてかすかに頭を振った。

「お礼をいただく覚えがありません。――わたしには」

小声ながらはっきりとそう言うと、目を上げて彰を見、ほんのりと目尻を下げる。

「ですが、またいつか御堂さんからそんな言葉をいただけるような『わたし』に、これからなりたい、そう思っています」

そして口角を上げて、薄い光のように、けれどはっきりとした微笑みを浮かべた。


「どう、ちゃんと話せた、シーニユ?」

片手を上げて歩み寄りながら英一が明るく問うと、彼女は「はい」と簡潔に答えてうなずいた。

「そう。良かった」

英一は微笑みながら彰とシーニユを交互に見やる。

「御堂くん、都市久しぶりだよね。どう、全然変わったでしょ」

「あ、うん。すごいね」

「仮想人格も人工人格も、どんどん増やされてるしね。『パンドラ』用のもいれば、仮想都市を機能的にもコミュニティ的にも維持できるような人格も必要だし」

「じゃもう、ほんとに普通に街だね」

「うん。後で案内させてよ」

「後で?」

何かその前に用事があるのか、ときょとんとして彰が聞くと、英一はふうっと柔らかな微笑みを浮かべる。

「――会ってきたんだ」

「え?」

「皐月さん」

自分でも気づかぬ内に、彰は息を止めていた。

隣でわずかに眉をひそめているシーニユの視線にも、全く気づいていない。

英一は細い目を更に細くしてそんな彰を見つめた。

「昨日、会ってきた。シーニユも一緒に。これまでのこと、全部話してきた」

すらすらと話す英一を見る彰の眼球が、細かく揺れる。

話した、なら、それは、つまり。

その目線に、英一はああ、という顔をして小さくうなずく。

「皐月さんは、もともと知ってた。外の自分が事故で亡くなったこと。彼女に限らず他の仮想人格にも、外の自分が亡くなったら、伝えるんだって」

急激に肺が苦しくなって、彰は水から上がった人のようにせわしく息を吸い込んだ。

「だからそれについては大丈夫。こっちの御堂くんがちゃんとフォローしてるし、当人も気持ちの整理がついてるみたいだし」

続いた言葉に高ぶった心臓が少し落ち着いてきて、彰はもう一度深く息を吸う。

「そうそう、もともとの仮想人格集団には、君達を含めていくつかカップルや夫婦がいたんだけど、その内の何組かはもう別れちゃってる。外ではどうなのか知らないけど。でも、君等二人は、今もばっちり、一緒にいるよ」

顔色が戻ってきた彰に、英一は優しく、そしてからかうようにそう声をかける。

その口調に、彰は思わず笑みをもらした。

「……当然だよ、そんなの」

精一杯の強がりと安堵を込めて言い返すと、隣でシーニユがほっとしたように肩の緊張を抜く。

「そうか、当然か」

嬉しそうに英一が繰り返すのに、彰は「そうさ」とまた微笑み返した。

するとと少しだけ背をかがめて覗き込むようにして尋ねてくるのに、また息が止まる。

「どう、会いたい？」

「皐月さんには、話をしてある。もし会いたければ、すぐに呼べるよ」

今度はすぐに呼吸を取り戻し、彰はしばし、考え込んだ。

自分の記憶の中に今もいきいきと輝く、出逢いから八年間を共にすごした彼女。

誰とも分け合えない、たったひとりの、「俺の」皐月。

彰はゆっくり、細く長く息を吐いた。

「一つ、教えてほしいんだけど」

うつむきがちに地面を見ながら聞くと、「うん」とすぐに英一が応じる。

「こっちの皐月は、どうしてる？　元気なの？　今幸せにしてるのかな？」

そう問うと、英一は一瞬、ちらっとシーニユと目線を交わした。

「……うん。毎日いろいろやることがあって、すごく楽しい、て言ってたよ」

その答えに彰はまた小さく息を吐き、「そうか、良かった」と口の中で呟いた。

そして小さく、首を横に振る。

「いいよ」

「え？」

短い答えを聞き返されたのに、目を伏せたままだったことに気がついて、顔を上げ英一の目を見て、もう一度首を振る。

「いいよ、会わない」

はっきりそう言うと、英一は一つ息をついてシーニユと顔を見合わせた。

「……やっぱり、すごいね」

「はい」

そう言いながら二人でうなずきあうのに、彰はきょとんとする。

「え、何？　何の話？」

自分だけ全然話が見えなくて尋ねると、英一は歯を見せて笑った。

「皐月さん。こっちの。すごいな、って」

「皐月が？　なんで？」

「会わない、と、そうおっしゃるだろう、と皐月さんが」

生真面目な顔でシーニユが答えて、彰は意表を突かれ、一瞬頭が空っぽになる。

「ご自分が今どうしているのか、幸せなのか、そういうことを確認されて、それが肯定されれば、ならそれでいい、会わない、そう御堂さんはおっしゃるだろう、と皐月さんは予想されたんです」

「あんまりずばりで、驚いたよ。さすがだね」

優しい微笑みを浮かべてそう言う英一と、いつものように、表情が殆ど読めないシーニユとを交互に見ながら、彰は言葉を失っていた。

「彼女は本当に、外での自分を失った君のことを心配してた。だけど、僕が『パンドラ』で御堂くんと会ってからのことを全部説明したら、すごく安心してた。それで僕が彼女に、次に御堂くんがここに来たら会ってあげられるか、て聞いたら、きっと御堂くんは『会わない』て言うだろう、って」

「どうして……」

「それがわたしの知ってるアキくんだから、って」

彰の心臓が、一瞬きつく痛んだ。

「皐月さんから、お預かりしているデータがあります」

その痛みに気づいているのかどうなのか、すかさずシーニユが口を開く。

何のことなのか、と彰が見やると、彼女は両の手を自分の顔の上に上げた。

すると手の間の空間がきらきら、と光ったと思うと、水晶のように透明な玉がぽっかりと現れる。そこから胸の下辺りに手をおろすと、どちらの手も全く触れていないのに、それに合わせて玉もおりてきた。

「どうぞ、お聴きください」

そう言うと同時にシーニユの髪がふわりと膨らんで、宙に浮かんだ玉がシャボン玉のように虹色《にじいろ》の輝きを放って、ゆっくりと回転を始める。

目を丸くしながら見つめていると、そこから線香花火の火花に似たちかちかとした光がゆるい螺旋《らせん》を描いて空に上がっていき、その動きと共に辺りに笛の音が満ちあふれた。

――韃靼人の踊り。

光から音は四散して、彰の肉体を貫《つらぬ》いた。

リコーダーの、音色。

彰の眼前に、一瞬であの日の屋上の光景が甦った。

髪や唇や指にちらちらと夕陽の光を瞬《またた》かせ、天に向かってまっすぐ音を飛ばしていく、あの姿。

——心の奥でずっと大事に、愛《いと》しく取っておきたいような、そんな綺麗なものなんか何にもない。

あの火事の晩、自分が皐月に言った言葉だ。

あの時の自分にとって、それは確かに真実だった。

そんなものを持つことは、自分には到底、耐え難いことだったから。

だからずっと、避けてきた。

けれど。

……ああ、ちゃんとある。

頰をひと筋涙がつたっていくのを全く気づかずに、彰は光っては消えていく光の粒達を見つめた。

ずうっとそんな風にして生きてきた、でも今の自分にはちゃんとある。

この間、久しぶりに自宅に帰った時に感じた、あれと同じだ。

思い出す度に胸をきしませる、透き通った美しさにうっとりとする、愛しくて両の手でそっと包み込み抱きしめる。

ひとりぼっちの深夜に心臓を錐《きり》で貫くような、けれど同時に、胸の底にほのかな温かみをもたらすもの。

今の自分には、それがある。

昔の自分には持てなかった、けれど時間と周囲の人々がそれを変えた。胸を切り裂く程の美しさから目をそらさない柔靱《じゅうじん》さと、受《う》け容《い》れて抱え込める深さとを。

この先一生、消えずにずっと、そこにある。

君が、与えてくれた。

皐月。

「――それからもう一つ、伝言をお預かりしています」

音がすうっと吸い込まれるように消えるのと同時に、シーニュの手の中の玉も空気に溶けるように消えていく。

彰は頰に涙をつたわらせたまま、頭をめぐらせて彼女を見た。

灰色の瞳が、揺らぎのないまっすぐなまなざしでそれを受け止める。

「御堂彰の『あきら』が何の『アキラ』か、覚えている？　と」

ぐっ、と喉が詰まって、それでようやく、彰は自分が泣いていることに気づいた。

片手の拳でぎゅっと拭《ぬぐ》ったけれど、涙はとめどなくあふれてくる。

けれどその中で、彰の唇に笑みがこぼれた。

耳の奥で、今も皐月の声が聞こえる。

――大丈夫。絶対だよ。大丈夫、御堂くん。

――わたしが決める。御堂くんの『あきら』は、

「うん」

心の底からの微笑みを浮かべたまま、彰はシーニュと英一を交互に見た。

この仮想の世界で見つけた、大切な親友達。

「当然だよ。絶対に、忘れない。そう、伝えて」

——御堂彰の「あきら」は、「諦めない」の「アキラ」だから。

あとがき

この本を手に取ってくださった方、お読みになってくださった方、本当にありがとうございます。

この作品は講談社さん運営の小説投稿サイト『NOVEL DAYS』にて、一度でも紙での書籍化を経験したことがある人のみを対象とした珍しい公募、第一回講談社NOVEL DAYSリデビュー小説賞を受賞しました「辺獄のパンドラ」を改題・改稿したものです。

たくさんの応募作品の中からこの作品を見つけ出してくださった編集者の方々、並びにこの本ができるまでにご尽力くださったすべての方にお礼申し上げます。

書いている間に聴いていたのは勿論《もちろん》『韃靼人《だったんじん》の踊り』。オペラ原曲だけでなく、稀代の編曲家、書上奈朋子《かきあげなほこ》氏がプロデュースするEnsemble《アンサンブル》 Planeta《プラネタ》という女性アカペラグループのものをよく聴きました（アルバム『Largo《ラルゴ》』所収）。ちなみに『Choral《コラール》』というアルバムで『ヴォカリーズ』も歌われています。どちらも天上界に魂が吸い上げられていきそうになる、美しいアレンジとボーカルです。

ボロディン作曲の『韃靼人の踊り』は、オペラ『イーゴリ公』の中で、遊牧民族に連れ去られ奴隷の身となった女性達が故郷を想い歌う曲です。叙情性に満ちたメロディに乗せ「歌よ、風の翼に乗り故郷へ飛べ、そこではお前は自由だ」と歌われる歌詞が素晴らしく美しい。機会があればぜひ一度原曲も聴いてみてください（直後に「我等がハーン！」と大変勇壮な曲調になってびっくりしますが）。

それでは、これから書き続ける中、良いものが書けたら、その時はまたどこかでお逢いしましょう。

二〇二〇年二月　雪の殆《ほと》ど降らない暖冬の京都にて

富良野　馨

この作品は、書き下ろしです。

〈著者紹介〉

富良野 馨（ふらの・かおる）

京都市在住。「少女三景―無言の詩人―」で新書館の第2回ウィングス小説大賞優秀賞を受賞。2016年9月に『雨音は、過去からの手紙』（マイナビ出版）でデビュー。小説投稿サイト「NOVEL DAYS」で開催された、第1回講談社NOVEL DAYSリデビュー小説賞に応募した本作にてリデビューを果たす。

真《ま》夜《よ》中《なか》のすべての光《ひかり》　下

2020年4月20日　第1刷発行　　　定価はカバーに表示してあります

著者…………………………富《ふ》良《ら》野《の》 馨《かおる》

発行者………………………渡瀬昌彦

発行所………………………株式会社 講談社

〒112-8001 東京都文京区音羽2-12-21

編集03-5395-3510

販売03-5395-5817

業務03-5395-3615

本文データ制作……………講談社デジタル製作

印刷…………………………豊国印刷株式会社

製本…………………………株式会社国宝社

カバー印刷…………………株式会社新藤慶昌堂

装丁フォーマット…………ムシカゴグラフィクス

本文フォーマット…………next door design

ISBN978-4-06-519489-8　N.D.C.913　312p　15cm

講談社
タイガ

本田壱成

終わらない夏のハローグッバイ

イラスト
中村至宏

二年間、眠り続ける幼馴染《おさななじみ》の結日《ゆうひ》が残した言葉。「憶《おぼ》えていて、必ず合図を送るから」病室に通う僕に限界が来たのは、夏の初めの暑い日だった。もう君を諦めよう——。しかしその日、あらゆる感覚を五感に再現する端末・サードアイの新機能発表会で起こった大事件と同時に、僕に巨大な謎のデータが届く。これは君からのメッセージなのか？　世界が一変する夏に恋物語が始まる！

講談社
タイガ

相沢沙呼

小説の神様

イラスト
丹地陽子

僕は小説の主人公になり得ない人間だ。学生で作家デビューしたものの、発表した作品は酷評され売り上げも振るわない……。物語を紡ぐ意味を見失った僕の前に現れた、同い年の人気作家・小余綾詩凪《こゆるぎしいな》。二人で小説を合作するうち、僕は彼女の秘密に気がつく。彼女の言う〝小説の神様〟とは？　そして合作の行方は？　書くことでしか進めない、不器用な僕たちの先の見えない青春！

講談社タイガ

アイダサキ

サイメシスの迷宮

完璧な死体

イラスト

ヨネダコウ

警視庁特異犯罪分析班に異動した神《かみ》尾《お》文孝《ふみたか》は、協調性ゼロだが優秀なプロファイラー・羽《は》吹《ふき》允《みつ》とコンビを組む。羽吹には壮絶な過去があり、経験したものすべてを忘れることができない超記憶症候群を発症していた。配属初日に発生した事件の死体は、銀色の繭に包まれた美しいともいえるもので、神尾は犯人の異常性を感じる。羽吹は「これは始まりだ」と第二、第三の事件を予見する。

講談社タイガ

アイダサキ

サイメシスの迷宮

逃亡の代償

イラスト
ヨネダコウ

東京都下で起きた女児殺害事件。超記憶症候群のプロファイラー・羽吹《はぶき》允《みつ》は、遺棄の状況から8年前の和光市女児連続殺害事件を模倣していると気づく。和光事件の犯人・入谷《いりや》謙一《けんいち》はふた月前に獄中で病死していた。相棒の神尾《かみお》文孝《ふみたか》とともに、羽吹が入谷の周辺を聞き込むうちに、第2の事件が。第1の事件との微妙な差異に違和感を覚えた羽吹は、超記憶を駆使して事件の真相に迫る。

講談社
タイガ

路地裏のほたる食堂シリーズ

大沼紀子

路地裏のほたる食堂

イラスト
山中ヒコ

お腹を空《す》かせた高校生が甘酸っぱい匂いに誘われて暖簾《のれん》をくぐったのは、屋台の料理店「ほたる食堂」。風の吹くまま気の向くまま、居場所を持たずに営業するこの店では、子供は原則無料。ただし条件がひとつ。それは誰も知らないあなたの秘密を教えること……。彼が語り始めた〝秘密〟とは？　真っ暗闇にあたたかな明かりをともす路地裏の食堂を舞台に、足りない何かを満たしてくれる優しい物語。